Inhoud

Inhoud 0
Voorwoord 1
Het Telefoontje 5
Een Harde Landing 16
De Wedergeboorte? 26
De Huisarts 37
De Psycholoog 45
Donkere Wolken 67
De Advocaat 95
De Mechanicien 105
Reuring 133
De Droom 151
Sterven 165
Tennismaatjes 183
Starshipping 198
Het Buurmeisje 219
Angst 231
Universele Verbindingen 245
De Wedergeboorte 256
Nawoord 276

Copyright ©

Voorwoord

Het idee om dit boek te schrijven komt voort uit één van mijn Forrest Gump wandelingen. Sindsdien is een creatieve bron aangeboord, die tot op de dag van vandaag bruist met inhoud. Dieter, van het nummer 'Junge', gespeeld door de Duitse band 'Die Ärtzte', is de hoofdrol op het lijf geschreven. Zoals de vertaalde Duitse songtekst zegt: 'Kijk toch naar Dieter, die heeft zelfs al een auto!'. Dus vermoedelijk heeft hij dan ook een ego en dat is wat we zoeken in de rol van de hoofdpersoon. Althans, aan het begin van dit boek. Als Sales Manager bij Tyson, de concurrent van Dyson, positioneerde Dieter Tyson als marktleider in Nederland. Tyson onderscheidt zich door stofzuigers met een gespierd, ergonomisch ontwerp dat onbewust onze verbeelding en fantasie prikkelt. Dieter is niet specifiek religieus, maar naarmate zich onverwachte gebeurtenissen voordoen, ontmoet hij God in verschillende vormen en gedaanten.

Het boek dat je gaat lezen, is een fictieve roman die Dieters levenservaringen deelt met humor, gevoel, spanning, fantasie en erotiek. Het biedt een nieuwe kijk op menselijke verbindingen, angst, ego's, depressie, psychologie en God. Het verhaal gaat gepaard met verrassende wendingen in Dieters leven. Het hoofdthema van het boek is menselijke verbindingen, een belangrijk fundament dat nodig is voor onze wereld en onze planeet aarde bij het ingaan van het nieuwe tijdperk van de Waterman.

De motivatie voor het schrijven van dit boek is om Dieters levenservaring en levenslessen door te geven aan zijn dochter en andere jonge mensen. Ook voor mensen van andere leeftijdsgroepen die geïnteresseerd zijn in nieuwe inzichten over menselijke verbindingen, angst, ego's, depressie, psychologie en God, is dit boek aan te bevelen. Bovendien kunnen psychologen, psychotherapeuten, artsen, advocaten en misschien zelfs vooraanstaande managers of politici, met een groot ego, de levenservaringen van Dieter waarderen en gebruiken om hun levensvisie verder te ontwikkelen. Tenslotte is 'Een kort telefoontje met God' ook geschreven als een kleine stimulans om onze weg naar een betere wereld te versnellen.

Als Dieter met dit boek mensen beledigt of choqueert vanuit religieus, seksueel of ander oogpunt, biedt hij daarvoor oprecht zijn excuses aan. Daar was het boek niet voor bedoeld. Dieter respecteert mensen van alle religieuze, seksuele en andere achtergronden. Mochten er overeenkomsten zijn met echte mensen uit Dieters leven, dan is dat puur toeval. In dit boek worden enkele wereldberoemde mensen genoemd met publieke bekendheid. Deze beroemdheden worden afgebeeld vanuit de perceptie van Dieter, de perceptie van onze fictieve hoofdpersoon. Voor een deel is de beschrijving van wereldberoemde mensen ook gebaseerd op publiekelijk beschikbare informatie.

Dank aan mijn dochter voor het proeflezen van de originele Duitse versie. Omdat Duits niet de moedertaal van Dieter is, was het geen gemakkelijke taak. De Engelse, Nederlandse en Turkse versies zijn uitgegeven met kleine aanpassingen vanwege de nuances van de Duitse taal. Om deze subtiliteiten correct weer te geven in de vertaalde versies zijn daar waar nodig kleine aanpassingen gemaakt. Zo laat alleen al de term 'Kölner', een Keulenaar, zich niet zo gemakkelijk vertalen. Mensen uit Keulen staan bekend als wereld open, bijvoorbeeld naar de lesbische en homogemeenschappen of naar mensen met een andere culturele achtergrond. Ze denken dat ze een ontwikkeld en subtiel gevoel voor humor hebben, misschien hebben ze dat zelfs ook wel. Maar ze stellen zich ook voor dat ze het oudste en beste voetbalteam in de Bundesliga hebben: droom maar lekker door!

Dank gaat ook uit naar Claudia, voor de ontwikkeling van Dieters bewustzijn over zijn ego en Zijn.

Veel leesplezier!
Dieter Holland

Het Telefoontje

Met ruim 25 graden is het weer een hete zomermiddag op deze dinsdag eind september. De klimaatverandering slaat echt toe op dit moment, weerrecords worden elke tweede dag verbroken. Moet God niet ingrijpen hier op onze planeet aarde, zodat onze wereld en haar natuur behouden blijven? Net thuis aangekomen van mijn werk, in het Souterrain van de villa van mijn vader, open ik de ramen van de slaapkamer, die verstikkend is geworden in de hitte van de nazomer. Mijn vaders villa staat in Leimuiden aan de rand van de Westeinder Plassen, een prachtig meer net onder Amsterdam. Het uitzicht over het meer vanuit de verhoogde split level woonkamer is verbluffend. Een geluksvogel dat ik hier doordeweeks kan verblijven voor mijn werk in Nederland als Executive Sales Director bij Tyson Vacuum Cleaning. Nou ja ......, in gewoon Nederlands gezegd: Salesmanager stofzuigers bij Tyson, verantwoordelijk voor Nederland. Een gerenommeerde, goedbetaalde baan, niet heel afwisselend, maar toch af en toe spannender dan je zou verwachten. We hebben het hier niet over normale, gewone stofzuigers. Nee, Tysonstofzuigers zijn hoogwaardige technische apparaten die ergonomisch en atletisch ogen, net als de voormalige wereldkampioen boksen, Mike Tyson. Daarnaast zijn Tysons zeer gebruiksvriendelijk en hebben maximale zuigkracht. Huismannen en huisvrouwen houden van onze Tyson's en gaan ermee aan de haal. De ergonomische en atletische vorm van onze stofzuigers prikkelt onbewust hun verbeeldingskracht, wat goed werkt in onze sales pitch, een kleine verkooptruc als je weet hoe je dat moet aanpakken.

'Bekijk deze prachtige esthetische, gespierde vorm eens, voel zelf maar!'

Laat de klant even een klein proefrondje draaien om het zuiggenot te ervaren en verkocht is de volgende Tyson stofzuiger. Het gesprek vandaag met Michelle, mijn langjarige klant uit Bloemendaal, heeft dat weer bewezen. Ze zal zeker ingaan op onze aanbieding voor een upgrade naar ons laatste Tyson Titanic stofzuiger model. Een krachtpatser met atletische uitstraling en maximale functionaliteit. Die zuigt alles sprankelend schoon, in elk denkbaar hoekje en gaatje.

Mijn mobiel vibreert, een WhatsApp van Heinz? Onze Chief Executive Officer? Hij heeft nog nooit eerder contact met mij opgenomen via WhatsApp: 'Kunnen we om 17.00 uur even bellen?'
'Ja natuurlijk,' antwoord ik onmiddellijk.
Heinz is onze zeer intelligente baas van Tyson die het bedrijf op afstand met ijzeren vuist regeert en alle belangrijke beslissingen neemt. In mijn verbeelding wordt hij god genoemd, omdat hij het letterlijk allemaal van bovenaf overziet, zittend op de 20ste verdieping van de Messeturm in Frankfurt am Main. Net als bij het schaken neemt hij alle belangrijke beslissingen: pionoffers, strategische patronen en ver vooruitdenkend ten opzichte van de tegenstander. Met donker haar en een baardje, doet hij me een beetje denken aan Al Pacino in 'The Devil's Advocate', maar dan met een leesbril. God heeft veel te lezen. Hij is zichtbaar goed doorvoed met een klein buikje. Het mag god aan niets ontbreken.

Met Duitse stiptheid, om 17.00 uur precies, licht mijn smartphone op en gaat over.
'Hallo Heinz, Dieter hier.'
'Hallo Dieter, hoe gaat het?'

'Alles goed, ik kwam net van mijn laatste klantbezoek in Bloemendaal en heb haar onze nieuwste meest exclusieve Tyson Diva Titanic verkocht.'
'Uitstekend, uitstekend, ...,' antwoordt Heinz.
'Hoeveel heb je dit jaar tot nu toe in totaal verkocht?'
Een snelle rekensom uit mijn hoofd. Ik tel de omzet van de afgelopen verkoopdagen op bij de laatst gerapporteerde omzet:
'In 2017 hebben we al meer dan 1.700 stuks verkocht, de exacte teller staat nu ongeveer op 1.710 gecontracteerde verkopen!', antwoord ik met gepaste trots.
Afhankelijk van het model stofzuiger en de opties is de gemiddelde prijs ongeveer 1.000 Euro per stofzuiger. Rekenkundig klopt dat met de totale jaaromzet van bijna twee miljoen euro.
Heinz pauzeert even en vervolgt dan met vastbesloten toon: 'Dieter, ik vind het moeilijk om dit te zeggen, maar we gaan niet verder met jou als leider van het Nederlandse team. Jan Fris gaat vanaf nu onze Nederlandse shop leiden.'
Zoals zijn naam al doet vermoeden, is Jan Fris mijn 20 jaar jongere collega. Een vers stuk vlees,

nog niet rijp voor de slacht, of zoals we bij schaken zeggen, als pionoffer.

Het heeft geen zin om tegen Heinz in te gaan om deze beslissing ongedaan te maken. Daarvoor ken ik Heinz te goed.

'En, welke toekomst zie je voor mij bij Tyson?', vraag ik onrustig.

Er volgt weer een moment van stilte. Vervolgens hervat Heinz:

'Dit is met zekerheid slecht nieuws voor je, neem een paar dagen vrij om erover na te denken.'

'Pardon?!', reageer ik met groeiende verbazing.

'Je hebt hier niet verder over nagedacht en ook niet overwogen wat dit voor mij gaat betekenen? Wat heb je voor mijn toekomst gepland?'

Heinz moet hierover hebben nagedacht, handelend als god, hij denkt altijd vooruit als een wereldkampioen bij het schaken. Nu lijkt hij nogal aarzelend of misschien kan hij zijn gevoelens geen uitweg bieden.

Met toenemende afwezigheid en met ongeloof blijf ik naar hem luisteren ...... maar aarzelend of niet, de gecommuniceerde beslissing verandert niet meer. De nieuwe, meegedeelde waarheid dringt langzaam tot mij door. Brak er zojuist iets in mij? Is mijn ego gestorven?

Minder dan 20 minuten duurde het korte telefoontje met god, waarin 20 jaar loyaal en waardevol werk zonder pardon terzijde werd geschoven en klaarblijkelijk werd afgedaan als niets. Mijn baan is zojuist weggegeven aan Jan Fris, die 20 jaar jonger is. Ik heb hem 20 maanden geleden gerekruteerd en daarna ingewerkt, 'training on my own job'. Vindt dit verhaal echt plaats en gaat het eindigen in 2020? En hoe? Het magische getal is hier duidelijk 20.

Het was deze hete, droge zomer waarin dit allemaal begon. Was het hete weer een voorteken? Zelfs vandaag is het uitzonderlijk warm voor deze tijd van het jaar en de zon is oogverblindend. Op mijn voorhoofd hebben zich zweetdruppels gevormd. Ik veeg ze weg met mijn zakdoek. Is dat het zogenaamde angstzweet? Hoe moet dit verder? Was dat in 20 minuten het einde van mijn 20-jarige carrière als stofzuigerverkoper? Dieter Holland, 56 jaar, het handelsmerk van Tyson in Holland, de man die Tyson tot marktleider maakte in Nederland. Vanaf nu, regeert hij niet meer over de Nederlandse stofzuiger markt en staat uitgerangeerd in een doodlopend straatje. Nog geen vijf jaar geleden was ik de Tyson Sales Champion van het jaar en kreeg ik een koffiemok met mijn foto erop, breed glimlachend op het werk. Elke dag drinkt mijn moeder met trots haar thee uit mijn Sales Champion mok. Was dit een korte en duidelijke aankondiging van de aanstaande scheiding na 20 jaar trouwe dienst en meer dan 50 duizend verkochte stofzuigers? Mijn hart bonst voelbaar in mijn keel, ik moet eerst even diep ademhalen. 20 jaar hart en ziel, gestoken in mijn werk, weggevaagd als donder bij heldere hemel. Ik kijk naar de foto op de achterkant van mijn smartphone. Mijn dochter en ik op vakantie, wij tweetjes zijn ook één hart en ziel. Dat kunnen ze me toch niet ook afnemen? De foto waar ik altijd naar kijk als ik emotionele steun nodig heb. Gaan we dit moment overleven? Heeft dit korte gesprek echt plaatsgevonden? Ik draai mijn telefoon weer om en kijk aan de voorkant naar de log van de telefoongesprekken. Ja, het gesprek heeft inderdaad plaatsgevonden?!

Dieter, de hamster die in eindeloze cirkels in zijn draaimolentje rent, is uitgehold. Kampioen in het vrije denken, maar niet in het vrij leven. Plotseling treedt een zware vermoeidheid op. Het brok in mijn keel en de onbestemdheid in mijn buik groeien. Daarnaast ontstaat een mengeling van woede en verdriet, gedreven door waargenomen onrechtvaardigheid. Ik heb een dubbele whisky inname nodig om dit te verwerken en mijn scherpe perceptie van de waarheid te vertroebelen.

Boven aangekomen in de woonkamer, merkt mijn vader op dat mijn dubbele whisky vandaag extra groot is uitgevallen:
'Heb je iets te vieren?!'
Ajax leidt met 1-0 in de Champions League voorronde:
'Hoe heeft Ajax tot nu toe gespeeld?', probeer ik het onderwerp te veranderen.
Mijn vader zet uitvoerig uiteen dat Ajax dit jaar het beste talent en sterkste elftal heeft in meer dan tien jaar tijd. Frenkie de Jong en Matthijs de Ligt moeten het dit seizoen gaan doen en natuurlijk niet te vergeten Hakim Ziyech. Een volle slok pure whisky verdooft het brok in mijn keel en brandt aangenaam.

Het voordeel van alcohol is het onmiddellijke effect bij alcoholgebruik. Het vertroebelt en verfraait de wereld bijna gelijktijdig met het plezier van de brandende smaak. Meestal gaat het ook vergezeld van euforische gevoelens. Des te moeilijker is het altijd de volgende dag, met een scherpe, kraakheldere blik op de verontrustende en ongemakkelijke waarheid. Dezelfde emoties als de dag ervoor, maar dan gevoeld twee keer zo sterk. Daarnaast een droge en rauwe keel met een steeds groter wordend brok erin. En dan nog migraine met hoofdpijn en misselijkheid. Puur medisch, lichamelijk gezien is alcohol misschien niet verslavend als je meer dan acht uur per dag droog bent. Het bloed is dan voldoende lang zonder een verhoogd alcoholgehalte. Dus één fles wijn per dag of een vergelijkbare hoeveelheid whisky zou niet verslavend moeten zijn. Desalniettemin lijkt dagelijks alcoholgebruik elke dag op hetzelfde tijdstip een oorzaak te zijn voor alcoholgebruik en verslaving. Als de behoefte niet dagelijks wordt vervuld, kan dit leiden tot innerlijke onrust en ongemak. Dat is een duidelijk teken van verslaving! Alcoholverslaving ontwikkelt zich dan sluipend. Ten eerste heb je elke dag meer alcohol nodig om hetzelfde euforische effect te krijgen: dopamine wordt aangemaakt in de basale ganglia, het binnenste deel van de hersenen. In het geval van verhoogde alcoholconsumptie vermindert dit dopamine effect met de tijd en stress-neurotransmitters uit de amygdala nemen het over, om mentale pijn en neerslachtigheid te voorkomen. Die zetten aan tot neurotisch, dwangmatig drinkgedrag. De besluitvorming en het beoordelingsvermogen van de prefrontale cortex worden langzaam ondergraven: obsessieve dwangneurose heeft de controle overgenomen. Beginnend met het genieten van alcohol geboren in vrijheid, steelt de alcohol je vrijheid en gedwongen neurotisch gedrag volgt: verslaafd alcohol drinken om de diepten te vermijden die men ervaart wanneer men helder is. Voor vrije denkers als Dieter, een echte nachtmerrie. Misschien is marihuana of cannabis voor deze gelegenheden een betere drug. Het is in ieder geval een puur natuurlijk product. Is marihuana eigenlijk ook verslavend? Waarschijnlijk: meer en meer marihuana gebruik leidt tot hetzelfde intolerantie effect en leidt weer tot meer marihuanagebruik om hetzelfde euforische dopamine effect te bereiken als voorheen. Het effect op medisch gebied vermindert ook met de tijd. Je gaat angst en prikkelbaarheid voelen als je je vrijheid wilt herwinnen na het stoppen met marihuana consumptie. Marihuana veroorzaakt in vergelijking met alcohol wel veel minder lichamelijke schade. Er wordt geen leverschade veroorzaakt zoals bij alcohol het geval is. De marihuanasigaret op het tennis zomerfeest een paar jaar geleden leverde echter niet veel euforie op. Misschien was mijn alcoholpeil op dat moment al te hoog om een merkbare extra boost van de marihuanasigaret te krijgen.

De mist in mijn hoofd na de tweede dubbele Whisky is voldoende om te gaan slapen. Ajax heeft de volgende ronde van de Champions League bereikt, een 3 - 0 overwinning op AEK Athene. Mijn vader ziet zichzelf bevestigd en voorspelt dat er dit seizoen meer successen voor Ajax zullen volgen. Maar voor mij maakt de waarheid de volgende dag een harde landing.

Een Harde Landing

Het korte telefoontje met Heinz is nu drie dagen geleden. Van drie nachten met nauwelijks of helemaal geen slaap draai ik door, van vermoeidheid naar uitputting. Gelukkig is de wachtkamer van mijn huisarts deze vrijdagochtend behoorlijk leeg.

Ik denk terug aan het diner met mijn nichtje Evita en mijn jongere zusje op woensdagavond, Indisch eten, pittig en heet. Evita is zeven jaar oud, natuurlijk, op haar gemak en energiek. Ze heeft blonde lange haren en lacht altijd, in ieder geval als oom Dieter er is. Maar bovenal, heeft ze een menselijke, empathische band met mij.
'Oom Dieter, je hebt zweet op je gezicht, waarom zweet je zo?'
Een brok van emotie is voelbaar in mijn keel.
Haar open vraag geeft blijk van empathie en maakt van mij geen slachtoffer.
'Het Indiase eten is erg pittig Evita!' brengt mijn jongere zus in.
'Wil je even gaan liggen?' vraagt mijn zus een beetje bezorgd.
'Nee, het is maar een opvlieger.'

Bij mijn opvliegers, schiet het bloed zichtbaar omhoog in mijn blozende gezicht en stijgen mijn bloeddruk en hartslag voelbaar. Meestal gaat het gepaard met een zweetuitbraak.
'Ga asjeblieft even liggen!' dringt mijn zus voor de tweede keer aan.
'Nee dank je, alles oké.'
Zweetdruppels lopen over mijn gezicht, mijn onderhemd is doorweekt.
'Ik ga wel even een frisse neus scheppen in de tuin.'
Mijn zus is een enthousiaste yogabeoefenaar en vegetariër, bijna veganistisch. Ze staat veel dichter bij de Millennials dan ik en heeft de weg naar een betere wereld al gevonden. De frisse lucht in de tuin doet me goed. De mild koele wind droogt mijn gezicht. Ben ik nog steeds in de waan van het korte telefoongesprek met God? Het gesprek duurt langer dan verwacht. Evita komt naar me toe en pakt mijn hand. Energie en empathie stromen, de menselijke verbinding is er.
'Gaat het beter met je, oom Dieter?'
Het brok in mijn keel groeit weer en mijn ogen worden nat en vochtig, ik moet mijn tranen onderdrukken. De kleine Evita heeft van nature empathie, hebben alle mensen dat van nature?

'Zullen we samen nog een boek lezen?' vraag ik, het onderwerp bewust weer veranderend.
'Het boek van Frederik de Muis?'
'Jaaaah, ...!', begroet ze enthousiast mijn voorstel.
Het voorlezen van Frederik de Muis gaat stroever dan anders, op de één of andere manier heb ik het er vandaag moeilijk mee. Ik ben nog steeds in de waan van het telefoontje, er leven zoveel onbeantwoorde vragen in mij. Het is onrechtvaardig en het verlangen naar gerechtigheid of wraak komt in mij op. Of komt het gewoon goed als mijn vragen worden beantwoord met een excuus voor de nalatige afhandeling en communicatie.

'Meneer Holland, hallo,...... meneer Holland bent u er nog? Hallo?! ...... U bent aan de beurt.'
De assistente van de huisarts kijkt me bedachtzaam aan.
Ik schrik op uit mijn eindeloze, vicieuze gedachtencirkels.
'U kunt naar kamer twee, de huisarts komt zo,' instrueert de huisartsassistente me.
De huisarts komt binnen en kijkt me onderzoekend aan. Net als Evita heeft ze ook een

opvallend hoog empathiebewustzijn en deze keer breekt haar empathie de dijk en beginnen de tranen grenzeloos te rollen. Is dit omdat mijn ego stierf? Na 15 minuten in gebroken en stotterend Duits kan ik haar ruwweg duidelijk maken wat er is gebeurd. 'We gaan u in ieder geval een week ziekmelden, meneer Holland! Hier is een recept voor slaappillen en maak het liefst dagelijks lange wandelingen. Dat is goed om te verwerken wat er met je is gebeurd. Oh ja, ... en zoek een advocaat, die zul je hard nodig hebben. Je maakt een harde landing.'
Als zij het zegt?! Is dit gewoon een harde landing of val ik van een klif vanwege mijn vernietigde ego? Hoe lang moet je vallen voordat je op de grond landt zodat je weer kunt Zijn?
Haar recept schrijft Zolpidem Al voor, een medicijn voor kortdurende behandeling van slaapstoornissen. Whisky en nu nog een ander medicijn dat verslaving kan veroorzaken. Naar schatting meer dan anderhalf miljoen Duitsers zijn afhankelijk van medicijnen, de meeste vanwege slaapmiddelen zoals Zolpidem Al, die kunnen leiden tot hallucinaties en slaapwandelen. Bovendien, een verminderde seksuele behoefte, minder libido. Nou ja, libido heb ik nu toch niet

echt nodig. Dat maakt mij niet veel uit. Zolang ik maar weer snel goed slaap, kan dat me niet schelen.

Maandagavond biedt Günter Jauch eerste afleiding op TV met de quiz 'Wie wordt Miljonair'. Zoals bijna elke Duitser zou ik ook wel eens op de miljonair stoel willen zitten bij quizmaster Jauch. Maar ik ben ook bang voor een teleurstellende afgang en het veroordelende televisiepubliek. Een jonge dame uit München zit vandaag op de stoel, een serveerster op het bierfestival in München. Een vrije, ongeremde en spontane jonge dame. Ze zou de opleiding tot wijnkenner willen financieren en daarna gediplomeerd sommelier willen worden. Ze is aangeland bij de vraag waarmee ze één miljoen euro kan winnen. Günter Jauch woelt vertwijfeld en verwoed met zijn handen door zijn haar; hij ziet er bijna net zo verward uit als ik. Maar ze heeft duidelijk zijn sympathie gewonnen en daarom werkt hij haar niet van de miljonair stoel af. Dat is niet altijd het geval en regelmatig verliep dat anders bij 'Wie wordt Miljonair'. Bij aarzelende, langzame of gokkende kandidaten, raakt Günter geïrriteerd en zet hij zijn psychologische trucs in

om de kandidaat de zaal uit te werken. Natuurlijk weet ik het antwoord op deze vraag voor één miljoen euro, zoals ook elke tweede Duitser die op dit moment televisiekijkt.
'Wie publiceert bijna dagelijks zogenaamde "Permanenzen"?

A. Casino's.
B. Observatoriums.
C. Luchthavens.
D. Vaticaan.'

Dit zijn met zekerheid die oude papierrollen die in het Vaticaan zijn geschreven, antwoord D, denk ik bij mezelf. De kandidate neigt echter naar antwoord A, de Casino's. Günther vraagt nog een keer na, maar ze blijft standvastig.
'Wil je antwoord A definitief invoeren?'
De laatste check vraag om te bevestigen dat de jongedame uit München blijft bij antwoord A.
'Ja, antwoord: A!', bevestigt ze vastberaden en standvastig.
Antwoord A: Casino's wordt ingelogd. Nee hè, ... nu geen reclamepauze, toch? Ja wel hoor, dit is natuurlijk weer het juiste moment voor tv-commercials. Zo irritant, altijd op het meest

spannende moment! Na de reclamepauze vat Günther nogmaals kort samen om de spanning op te voeren. Dan volgt confettiregen, het teken van het juiste antwoord op de vraag voor één miljoen euro. De jongedame uit München brengt een proost uit, krijgt een paar grote pinten bier van de showassistente en geeft Günther Jauch zijn eerste bierdouche in de 'Wie wordt Miljonair' show. 'Permanenzen' zijn in het Duits tabellen met getallenreeksen die op de roulettetafels zijn gevallen. Deze worden regelmatig gepubliceerd door casino's. Niet te verwarren met de perkamenten: de oude, beschreven rollen papier in onder andere het Vaticaan. Er ingetuimeld, met het valse antwoord Vaticaan, hun perkamenten en hun goden, had ik het weer helemaal mis. Gelukkig zit ik niet zelf in de miljonair stoel, om demonstratief te worden af geserveerd door Günther Jauch. Daar gaat de jongedame: op naar haar opleiding tot sommelier. Zou er voor mij ook nog zo'n soort nieuwe start kunnen aanbreken? Of liever gezegd, een wedergeboorte na mijn crash bij Tyson stofzuigers? Met een flinke slok leeg ik het laatste glas rode wijn, dat op zijn minst nog halfvol was. Tijd om op te staan en mezelf bed klaar te maken: tandenpoetsen en volgens het recept van mijn dokter een slaappilletje of twee slikken. Binnenkort verander ik zo nog in Doornroosje, dat zou echt een beetje te saai zijn.

Net als Forrest Gump wandel ik de hele week fanatiek, het recept van mijn huisarts strikt volgend. In de week na mijn eerste doktersbezoek loop ik meer dan 80 kilometer. Eén wandeling is met mijn dochter. We zijn hart en ziel, vier handen op één buik. Niet dat we het altijd eens zijn of altijd dezelfde mening hebben. Over milieuvervuiling, intensieve veeteelt en soortgelijke circulaire, mondiale thema's, zetten we vaak een grote boom op. De Millennials generatie tegen generatie X, Yin en Yang, maar altijd in balans en een open gesprek op ooghoogte. Zelfs als mijn dochter niet bij mij is, lijkt de menselijke verbinding er te zijn. Zoals de synchronisatie van kleine Bose-Einstein deeltjes volgens de Kwantumfysica theorie. Bose-Einstein deeltjes communiceren en synchroniseren als een netwerk, zonder centrale sturing, met een snelheid die sneller is dan het licht. De wetenschappers zijn verdeeld in verschillende kampen over wat de communicatie en synchronisatie van deze deeltjes mogelijk maakt. Aan de éne kant zijn er economisch gedreven onderzoekers die deze onverklaarbare communicatie en de bijbehorende energie willen benutten voor economische doeleinden zoals kwantum computing of als hernieuwbare energiebron. Aan de andere kant zijn er religieuze wetenschappers die in Bose-Einstein het bewijs zien voor onverklaarde goddelijke verbindingen en energie, een bewijs dat God bestaat.

Als atheïst behoor ik meer tot de groep van economisch gedreven onderzoekers. Welke groep wetenschappers ook gelijk heeft, mijn dochter en ik hebben een liefdevolle, gezonde en energieke dochter-vader relatie. Voor ons tweeën is onze menselijke band van onschatbare waarde. Het is onmeetbaar en kan eenvoudigweg ook niet worden gemeten door de kwantummechanica.

De verbindingen met Evita, de huisarts en mijn dochter zijn menselijke connecties, gedreven door liefdevolle empathie en onvoorwaardelijk vertrouwen. Het vangnet, dat je laat Zijn, wanneer je ego in oneindige diepte crasht. Hoewel de crash van het ego hard is, maken deze menselijke verbindingen daarna de landing van het Zijn zachter. De slaapmedicatie is daarentegen nogal ineffectief. Het medicijn is niet sterk genoeg. Het permanent verhoogde adrenalinegehalte dat wordt gevoed door woede, verdriet en andere emoties wint momenteel de strijd in mijn lichaam. Tot nu toe nog geen of nauwelijks slaap en nachtrust.

De Wedergeboorte?

Tijdens mijn Forrest Gump wandelingen stroomt een eindeloze cirkel van gedachten door mijn hoofd en bruist het van de nieuwe ideeën. Het zonlicht en de frisse lucht doen me goed. De natuur hier in Essen-Kettwig is werkelijk prachtig, divers en ontspannend. Een prachtig heuvelachtig landschap, geeft een Nederlander in Duitsland het gevoel dat hij in de hoogste bergen van Duitsland leeft. Wij zijn bij ons thuis niet gewend aan heuvels of bergen. Zoals ook 's nachts, zweet ik bij het wandelen als een paard, vooral bergopwaarts. Als je meer dan 10 kilometer per dag wandelt, voel je een beetje het euforische effect dat marathonlopers ook hebben. Na 20 minuten regelmatige lichaamsbeweging begint je lichaam vet te verbranden. De adrenaline in het bloed wordt langzaam afgebouwd. Als je twee uur of langer in een stevig tempo wandelt, begint het lichaam dopamine en serotonine aan te maken. Dit heeft een positieve invloed op je stemming. Dat schijnt ook bij mij het geval te zijn. Tijdens mijn wandelingen ziet de wereld er altijd stralender uit dan 's nachts in bed.

Al wandelend vliegen de gedachten chaotisch door mijn hoofd. De impliciet aangekondigde scheiding van Tyson en een onzekere toekomst houden mijn hersenen volop bezig. Hoe gaat mijn toekomst eruitzien? Wat wordt mijn strategie en aanpak voor het omgaan met een eventuele beëindiging van de arbeidsovereenkomst? Kan Tyson dat überhaupt vragen? Wil ik wel weg bij Tyson? Of moet ik streven naar een andere rol? Kan ik mezelf in de rechtbank verdedigen? Wat zijn de financiële consequenties? Hoe ziet mijn toekomst buiten Tyson eruit? Wanneer vertel ik het aan familie en vrienden? Hoe voorkom ik dat ik chronisch ziek word? Dit is een giftige cocktail van emoties die aanzet tot dit chaotische denken, aangespoord door al deze vragen. Maar de vragen zijn onvermijdelijk. Ze moeten beantwoord worden, het is de onaangename waarheid. Dat brengt veel mentale pijn en lijden met zich mee. Gezichtsverlies voor familie, vrienden en collega's. Het echte verlies van de baan, het team en het klantenbestand van Tyson. Een creatie gemaakt met mijn eigen handen, die aanvoelde als mijn baby: helemaal opgebouwd vanaf de eerste verworven Tyson klant en eerste Tyson medewerker in Nederland! Woede en verdriet, die worden gevoed en gestuwd door het waargenomen onrecht en het gebrek aan begrip voor deze beslissing.

Ik absorbeer de warmte van de zon. Zoals in het boek 'Frederik de Muis'. Frederik verzamelde energie in de zomerwarmte, om in de winter gedichten te schrijven met de opgenomen energie van de zon. Dan duikt er plotseling een nieuw idee in me op. Boek auteur: zou dat voor mij geen mooie wedergeboorte zijn?! Nooit meer een Tyson stofzuiger aanraken! Een voortdurende en groeiende bron van ideeën begint te bruisen. Wat voor soort uitbarsting van emoties is dit? Maakt dit deel uit van het normale verwerkingsproces? Deze illusie grijpt me echter aan. Koortsachtig begin ik te typen op mijn mobiele telefoon. Als een smartphone verslaafde schrijf ik mezelf binnen een paar uur meer dan 100 e-mails met mogelijke inhoud voor mijn boek: hoofdstukken, tekstblokken, trefwoorden, ..., laat het maar borrelen en bruisen zoals de Rijn bij Schaffhausen. Het kan nooit kwaad voor het verwerken van deze gebeurtenissen, toch? Diep in me voel ik wat opluchting, heb ik vandaag een besluit genomen?

De hoofdpersoon noemen we Dieter uit het nummer 'Junge' van de Duitse band 'Die Ärzte'. 'Kijk toch naar Dieter, die heeft zelfs al een auto.' Een nieuw Ego, Dieter uit Holland, de boek auteur. Of is dit een echte vorm van Zijn? Wat is het verschil tussen de twee, het Ego en het Zijn?

Naast zorgen over het mogelijke verlies van mijn baan bij Tyson, moet mijn bezwaar bij de Duitse belastingdienst vanwege dubbele belasting worden opgelost. Op mijn Nederlandse aandelen wordt 25 procent Nederlandse dividendbelasting als bronbelasting ingehouden, vóór uitkering van het dividend. Deze betaalde dividendbelasting in Nederland kan voor de Duitse inkomstenbelasting worden verrekenend onder vermogensinkomsten, aangezien deze in Duitsland weer worden belast met 25 procent belasting onder vermogensinkomsten. Als deze inhouding van de Nederlandse bronbelasting niet wordt erkend door de Duitse belastingdienst, resulteert dit in dubbele belastingheffing en worden mijn dividenden effectief tweemaal belast tegen in totaal 50 procent belasting. Conform het verdrag ter voorkoming van dubbele belasting tussen Nederland en Duitsland mag slechts een totaal effectief belastingtarief van 25 procent worden betaald bij aanlevering van het bewijs van de betaalde Nederlandse bronbelasting. Anders betaalt men 5.000 Euro belasting over een dividend van 10.000 Euro, in plaats van 2.500 Euro, indien de aftrekbaarheid van de Nederlandse bronbelasting niet wordt erkend. Dit is ook oneerlijk en zet mij aan te handelen: bezwaar maken bij de Duitse belastingdienst! Normaal gesproken kan ik goed opschieten met de ambtenaren van het belastingkantoor in Essen. Ik gebruik ze zelfs voor het inwinnen van advies over mijn aangifte inkomstenbelasting. Maar een paar weken geleden kreeg ik een ordinair meningsverschil met mevrouw Deppert van het belastingkantoor in Essen.

'Goedemorgen, mevrouw Deppert hier, belastingkantoor in Essen.'

Na meer dan tien mislukte telefoontjes, heb ik eindelijk de ambtenaar aan de lijn, die verantwoordelijk is voor mijn aangifte inkomstenbelasting. Mijn adrenaline niveau is al verhoogd voordat ons gesprek goed en wel is begonnen:

'Met meneer Holland! Waarom heeft u de inhouding van mijn in Holland betaalde bronbelasting niet erkend?!', vraag ik te oordelend en direct, zonder rekening te houden met de beleefdheid die in Duitsland typisch wordt verwacht.

'Uw fiscaal nummer alstublieft, meneer Holland.'
Mevrouw Deppert reageert formeel en terughoudend.

De toon is gezet.

'U weet toch waar ik het over heb, mevrouw Deppert, nietwaar? We hebben een paar weken geleden aan de telefoon nog gesproken over mijn lopende bezwaar?!'

Mijn tweede zin in dit telefoongesprek en ik word al luidruchtig en ongeduldig.

Op dat moment al geen goed voorteken voor een productief telefoontje.

'Uw belastingnummer alstublieft?', herhaalt ze droogjes en onverstoorbaar.

Deze domme bureaucratische koe! Innerlijk raak ik al in paniek zoekend naar mijn belastingnummer. Ze weet precies wat de status van mijn bezwaar is en heeft daar mijn belasting nummer helemaal niet voor nodig.

'164/7602/4229!', antwoord ik kortaf en humeurig.

'Moment, ... ik zal even voor u in het systeem kijken.'
Sloom en traag, wat een stroperige trut is dit!
'Aha ...... gegevens ontbreken op het bronbelastingdocument van uw bank,' geeft ze uiteindelijk aan, na twee minuten pauze en twee slokken koffie.
'Alle belangrijke brongegevens staan in het document. De bank heeft geen ander document en zal geen document op maat maken. Niet voor u, noch voor mij!'
Geen idee hoe ik dit ga oplossen, aangezien het laatste document van mijn bank niet erkend wordt.
'Nou......, dan kan ik de verrekening van uw Nederlandse dividendbelasting niet erkennen!' antwoordt ze zonder enige empathie, vastberaden en zeker van haar overwinning.
Mijn angst wordt bewaarheid.
'Zal ik het gewoon persoonlijk met u komen regelen?!' barst ik in woede uit en verlies mijn zelfbeheersing.
'Dat heeft geen zin en zal de zaak niet veranderen, meneer Holland.'
'Dit is echt niet fijn en volkomen oneerlijk!'
'Ik doe dit ook niet voor mijn lol, meneer Holland!'

Nu wordt mevrouw Deppert ook een beetje luidruchtig en ongeduldig. Ze heeft kennelijk toch emoties onder de oppervlakte.
'Weet u wat? Ik verhuis naar Turkije!'
Mijn laatste woord in dit telefoongesprek.
'Dat moet u vooral doen, meneer Holland!'
Abrupt legt ze de hoorn op de haak.
En ik ook. Voorbij is ons telefoontje.
Zo ging het telefoongesprek met de belastingdienst een paar weken geleden.

Bergaf is het nu aangenamer en relaxter wandelen. Vorige week heb ik op internet inderdaad naar appartementen in Turkije gekeken. Door de valutacrisis is onroerend goed in Turkije nu zeer betaalbaar, zelfs appartementen met fantastisch zeezicht. In andere delen van Europa, zoals Mallorca of de Cote D'Azur, zouden dergelijke appartementen onbetaalbaar zijn. Maar mijn onderzoek was meer uit nieuwsgierigheid. Toch was ik gefascineerd door het idee. Misschien moet ik echt naar Turkije verhuizen, zou dat een optie zijn?!

Ook heb ik mijn ego rol van de ideale levenspartner al een hele tijd niet kunnen vervullen. De verwachtingen van mijn vrouw zijn te veeleisend voor mij. We hebben ook te weinig gemeenschappelijkheden en de aanvankelijke chemie is al langer verdwenen. Misschien moeten wij ook scheiden. Na Tyson, de aankondiging van de tweede scheiding?

Waanideeën, illusie en waarheid liggen vaak dicht bij elkaar. Maar voor de toeschouwer kan de waan of de illusie ook de waarheid weerspiegelen. Al is het maar als fantasie in het hoofd. Het is niet éénvoudig om deze van elkaar te onderscheiden? Heeft Tyson de scheiding echt aangekondigd in het telefoongesprek met Heinz of is dat gewoon een illusie in mijn hoofd en zullen ze me een waardige en passende alternatieve baan aanbieden? Als boek auteur ben je vrij om te schrijven, vrijheid van censuur zolang wettelijke rechten niet worden geschonden. Het is niet altijd mogelijk om precies te zeggen wat de waarheid is. Kwantummechanica heeft al bewezen dat dingen veranderen afhankelijk van wie en hoe men ernaar kijkt. Er kunnen twee verschillende percepties ontstaan als twee waarnemers naar hetzelfde kijken. Fascinerend is de vermeende perceptie, illusie of waanvoorstelling van Oscar Pistorius, olympisch kampioen hardlopen van de Paralympische Spelen. Hij schoot op Valentijnsdag zijn vriendin dood die zichzelf had opgesloten op het toilet. Wat is hier de waarheid? Dat hij zijn vriendin Reeva Steenkamp in de badkamer neerschoot is een feit, doorzeefd met 3 van de 4 kogels. Zijn vermeende motivatie is nogal onverklaarbaar. De illusie van een inbreker die zichzelf opsloot in het toilet? Zou hij het zo mis kunnen hebben gehad? Uit schrik? Toen hij uit bed opstond en zijn pistool pakte om naar het toilet te sluipen, had hij moeten merken dat zijn vriendin niet naast hem in bed lag, toch? En verschilt het geluid van inbrekers niet merkbaar van dat van de vriendin die naar de badkamer gaat? En waarom vier schoten? Herkende hij na het eerste schot niet de gillende vrouwenstem van zijn vriendin toen ze huilde? Getuigen in het proces namen de avond ervoor een mogelijk geschil tussen Steenkamp en Pistorius waar. Wilde ze hem verlaten? Had ze een andere affaire? Was ze zwanger van een andere man? Ook leugens kunnen een rol spelen. De waanzin komt altijd 's nachts als je wakker wordt na je eerste slaap, maar de woede ook. Mogelijk gedreven door verlangen of angst in je droom of nachtmerrie. De waarheid in het hoofd van Pistorius, de middernachtelijke schutter, is niet éénvoudig te achterhalen.

In mijn gedachten is het tijdens zo'n Forrest Gump wandeling gemakkelijk om theoretisch orde op zaken te stellen, de weg blokkades te omzeilen en een wedergeboorte te ervaren. Maar om die denkende geest om te zetten in mijn werkelijke situatie, is niet zo eenvoudig als het bedenken ervan tijdens een wandeling van twee uur. De realiteit is weerbarstig, met mogelijke waanvoorstellingen en desillusies tot gevolg. Is het vandaag niettemin de dag van de opkomende wedergeboorte van mijn Ego of mijn Zijn? Het oude ego is misschien slimmer dan je denkt. Met een gedaanteverwisseling vindt het zichzelf opnieuw uit en houdt zich zo in leven. Het ego is een meester in het denken, minder in het voelen en zijn. En dit is misschien allemaal uitgedachte fantasie, illusie en waanvoorstelling. Is het na zoveel jaren van denken niet beter om gewoon te Zijn, zonder na te denken?

Esse Liberum!

De Huisarts

Vrijdagochtend, een week later op dezelfde tijd, zit ik weer in de wachtkamer van mijn huisarts. Als ik vorige week niet volledig uitgeput was, dan ben ik het nu wel. De slaappillen hebben weinig of geen effect gehad. Het verhoogde adrenalinegehalte in mijn bloed had het voor het zeggen en gunde me nauwelijks slaap. Na de eerste lichte slaap 's nachts, ben ik de hele week niet meer ingeslapen en heb geen remslaap gehad. Vandaag is de wachtkamer vol en benauwd. Kennelijk melden zich vandaag veel mensen tegelijkertijd ziek. Staren ze me allemaal brutaal aan of lijkt dat maar zo? Net zoals 's nachts in bed, krijg ik het weer warm en voel me zweterig en klam. Na een gevoelde eeuwigheid is het dan eindelijk mijn beurt.
'Meneer Holland, kamer één alstublieft ... Sorry dat het even heeft geduurd, de dokter heeft vandaag veel te doen.'
Dezelfde assistente van vorige week roept me uit de wachtkamer op.
Na vijf minuten komt mijn huisarts binnenrennen en sluit de deur achter zich. Ze is groter dan ik dacht, mijn huisarts, rood haar met korte krullen

en een warme en liefdevolle uitstraling. Voor mij is ze een echte beschermengel. Vorige week was ik mentaal te aangedaan om dit überhaupt op te merken. Zelfverzekerde, zachte handen heeft ze. Een paar jaar geleden bevoelde en controleerde ze mijn onderbuik met haar zachte handen. Ze draagt een trouwring: kennelijk is ze getrouwd! Haar empathiescores zijn opmerkelijk hoog, in ieder geval bij mij, en ze neemt haar patiënten serieus.

'Zo meneer Holland, hoe gaat het met u?', vraagt ze direct, open en geïnteresseerd.

Gelukkig heb ik niet zo'n emotionele uitbarsting als vorige week, maar ik voel me erg moe en verslagen. In elk geval kan ik nu beter uitleggen wat er is gebeurd en hoe ik me voel. Ik leg mijn A4-velletje op haar bureau waarop ik een soort dagboek heb bijgehouden van wat er de voorafgaande week is gebeurd. Met nauwelijks leesbare aantekeningen op het A4-tje over mijn lichamelijk en geestelijk welzijn, plus de gevoelens en gedachten die de afgelopen week naar boven zijn gekomen. Deze ziekmelding kan langer gaan duren en dan is het belangrijk dat het ziekteverloop gereproduceerd kan worden.

'Ik voel me als een natte, zweterige woelmuis! Niet alleen 's nachts in bed maar ook overdag. Een eindeloze cirkel van gedachten draait door mijn hoofd en vindt steeds nieuwe wegen. Mijn ego is volledig van slag en doorgedraaid! Deze woelmuis graaft eindeloos rond, we hebben hier behoorlijk veel werk aan de weg. Waarschijnlijk is de woelmuis een labyrint aan het graven: de hele tijd keert hij terug op hetzelfde kruispunt waar hij eerder al is geweest. Er is iets in mij gebroken, misschien is mijn ego wel gestorven. Als u me nu weer terugstuurt naar mijn werk, zal ik alles ondertekenen wat ze willen. Op dit moment, wil ik nooit meer terug naar kantoor!', vertel ik haar onomwonden vanuit mijn hart en buik.

Ik geef haar meer details over het gesprek met Heinz en de eerste vier dagen daarna tot aan mijn eerste doktersbezoek bij haar vorige week. Zo krijgt ze een volledig beeld van mijn gezondheid en persoonlijke situatie.

'Mijn emotionele en rationele toestand, mijn yin en yang, zijn los geslagen en in de war,' leg ik hulpeloos uit.

Ze lijkt me serieus te nemen en kijkt een beetje bezorgd.

'Wat bedoelt u met "boek" in uw notities?'.

'Ja, ik dacht dat ik misschien boek auteur zou kunnen worden om een boek over deze kwestie te schrijven.'
'Dus u wordt van de ene op de andere dag boek auteur?!',
Ze is een beetje verbaasd.
Voor het eerst toont mijn beschermengel een vleugje onbegrip met begrensde empathie. Of is dat gewoon haar rol als beschermengel om mij in deze kwestie te beschermen en illusies weg te nemen?
'En wat bedoelt u met Turkije in uw aantekeningen?'
'Uh, uh......... misschien moet ik maar gewoon naar Turkije verhuizen?' reageer ik wat vertwijfeld en met onzekerheid.
'Pardon??!!'
Nu is ze duidelijk vol onbegrip zonder empathie.
'U heeft nu allereerst een psychotherapeut nodig!', verklaart ze resoluut.
'Oh ja …, dat zou best kunnen.'
Dat zou in mijn huidige situatie wel eens van pas kunnen komen.
'Maar als het boek geen succes is, helpt het me in ieder geval om deze kwestie met god te verwerken, toch?'

'Met wie??!!'
De ogen van mijn huisarts zijn nu vol verbazing.
'Nu wordt het echt tijd om een psychotherapeut te spreken voordat u God en Turkije erbij betrekt!', herhaalt ze resoluut.
'Huh, ik dacht dat een psycholoog in deze kwestie wel goed genoeg zou zijn?'
Een psychotherapeut klinkt zeer ernstig.
Ze schudt resoluut haar hoofd. Nee, een psychotherapeut, dat is het.
'Ja, ja ...., dat is ook oké, het is zeker niet schadelijk voor de verwerking van deze kwestie. Zou u mij een psychotherapeut kunnen aanbevelen?'
Ik leg me bij haar advies neer.
'Nee, dat is helaas een heel persoonlijke aangelegenheid, de chemie moet passen met dit soort menselijke verbindingen: verschillende therapeuten passen bij verschillende patiënten.'
Wat een toeval, precies over persoonlijke chemie en menselijke verbindingen, zou ik graag mijn boek willen schrijven: dat past bij mijn plannen. Ondanks haar beperkte empathie deze keer, was ik graag de hele dag bij mijn liefdevolle beschermengel gebleven. Het deed me ook goed, om mijn verhaal voor het eerst te vertellen aan een

vertrouwenspersoon. Omdat de Zolpidem Al niet werkte, schrijft ze een nieuw recept voor. Trimipramine, 10-15 druppels per dag. Mijn ziekmelding verlengt ze met een week, het is nog te vroeg om alweer terug te gaan naar mijn werk. Hopelijk werkt dit nieuwe medicijn en zorgt voor een eerste goede nachtrust na twee weken zonder slaap.
'Het allerbeste, meneer Holland, we zien u volgende vrijdag weer', besluit mijn huisarts.

In de apotheek om de hoek krijg ik de nieuw voorgeschreven Trimipramine en tegelijkertijd haal ik wat Thomapyrin voor het geval dat mijn alcoholgebruik weer tot migraine leidt. In de auto lees ik wat er op de doorverwijzing voor de psychotherapeut staat.
'Hallo, acute depressie?!'
Heeft ze mijn ziektebeeld niet wat te serieus genomen?

Trimipramine is een fascinerend medicijn. Bij een gangbaar antidepressivum wordt slechts één neurotransmitter geactiveerd, bij Trimipramine drie neurotransmitters tegelijkertijd. Misschien een drievoudige kans om weg te blijven van een chronische depressie. Volgens de bijsluiter wordt Trimipramine gebruikt voor depressieve aandoeningen (episodes van ernstige depressie) met als belangrijkste symptomen slaapstoornissen, angst en innerlijke onrust. Hopelijk werkt dit medicijn en brengt het de broodnodige slaap terug. De lijst met bijwerkingen is lang. Van overmatig zweten tot seksuele disfunctie. Waarschijnlijk een mooie uitdrukking voor impotentie. Tja,.. ik ben al een tijdje geen grote troef meer in bed, dus daar maak ik me nu even geen zorgen over. En zweten doe ik sowieso al meer dan genoeg. Aan de bijsluiter is duidelijk af te lezen dat ook dit medicijn op de lange termijn verslavend is. Dat kan me echt niet schelen, als ik maar de hele nacht kan doorslapen en mijn nachtrust terugkeert.

De huisartsen moeten de vermeende, fysieke en mentale waarheid vaststellen. Van de huisartsen wordt een afgewogen balans tussen empathische vaardigheden en cognitieve vaardigheden voor het beoordelen van de fysieke en mentale toestand van een patiënt vereist. De eerste diagnose van aanwijsbare, lichamelijke ziekten wordt gesteld en daarnaast een eerste diagnose van mogelijke mentale desillusies, illusies en waanvoorstellingen. Bij denkbeeldige desillusies, illusies en waanvoorstellingen volgt doorverwijzing één deur verder naar de psychotherapeut, zoals bij Dieter het geval is.

De Psycholoog

Zoals aanbevolen door mijn huisarts, heb ik een psychotherapeut gezocht. Maar in deze fictieve wereld geef ik haar liever de titel van psycholoog, dat klinkt vriendelijker en wat minder beangstigend. Acute depressie klinkt ook zeer ernstig. Heeft mijn huisarts de situatie te serieus genomen? Haar aanbeveling voor een psycholoog of psychotherapeut met de juiste chemie vond ik in ieder geval erg goed. Mijn fantasie speelt hierbij ook een rol met concrete visualisaties. Jong, begin dertig, blond, opgestoken kapsel, een paar lokken en een diep decolleté aan de voorkant met inkijk. Een psycholoog die me op het eerste gezicht doet blozen. Zo stel ik me de psychologische behandeling in mijn fantasie voor. Maar vandaag de dag is het al niet éénvoudig om überhaupt een psycholoog te vinden die beschikbaarheid heeft. Ze zijn volgeboekt met behandelingen voor al die ego gevallen uit onze samenleving.

Een beetje teleurgesteld maar vooral schuldig over mijn verwachting waar het uiterlijk van mijn psycholoog aan zou moeten voldoen en haar door mij gewenste uitstraling, kijk ik dagdromend uit

het raam tijdens mijn eerste behandeling. Vandaag regent het stevig, God huilt luidkeels en de regen beukt hard tegen het raam van de behandelkamer.
Wat had ik me in vredesnaam voorgesteld? Begin jaren dertig, blond, diep decolleté en opgestoken haar met een paar lokken? Natuurlijk bloosde ik op het eerste gezicht toen ik mijn psycholoog groette. Maar niet uit vervulde verwachting, maar uit ondervonden schaamte.
'Meneer Holland, meneer Holland!', de tweede keer luider, vraagt de psycholoog mijn aandacht.
Ben ik weer terug in de wachtkamer van mijn huisarts?
'Huh?'
Mijn psycholoog heeft me weer opgewekt uit mijn gepeins.
De Trimipramine werkt al en maakt me dromerig en afwezig. Maar mijn nachtrust is gelukkig weer een beetje terug.
'Waar was u met uw gedachten?' vraagt mijn psycholoog.
Nu bloos ik weer dubbel zo rood.
Ik kan haar absoluut niet vertellen over mijn verwachtingen van het uiterlijk en de aura van een vrouwelijke psycholoog. Op heterdaad betrapt!
'We zijn hier voor uw therapie, meneer Holland?'

Met deze nadrukkelijke interventie probeert mijn therapeute me terug te voeren naar het hier en nu van de therapiesessie.

'Hallo, ... waar dacht u net aan meneer Holland?!', herhaalt ze haar vraag resoluut.

Ik kijk weer weg van het raam, in de ogen van mijn psycholoog. Een gespierde ietwat mannelijke vrouw, begin zestig. Waarschijnlijk opgegroeid in een boerengezin, met gezond boerenverstand en een scherpe geest. Grijs kort haar met bril. Een open en vriendelijk gezicht, maar met een volhardende blik. Ook haar vragen zijn volhardend.

'Huh...,' ontwijk ik voor de tweede keer haar vraag.

Mijn fantasie over deze therapiesessie was anders.

'Oh., slecht weer vandaag, nietwaar? Tennis met mijn tennismaatjes wordt niks vanmiddag. De tennisbanen staan met zekerheid blank,' antwoord ik en verberg mijn ware gedachten.

'We zijn hier vandaag niet voor u tennismaatjes en moeten ons nu richten op het onderwerp van deze therapie, uw leven!'

'Ja, ja, ... waar waren we gebleven?'

'Wat doet u voor de kost, meneer Holland?'

'Ik ben Executive Sales Director bij Tyson Vacuum Cleaners in Nederland en leid daar ons Nederlandse verkoopteam. Wij zijn marktleider in Nederland!', vertel ik trots.
Tegelijkertijd realiseer ik me echter dat ik tot voorkort in die rol zat, maar deze baan nu waarschijnlijk niet langer meer heb.
'Nou ja, waarschijnlijk was ik dat tot voor kort,' voeg ik toe om mijn situatie te verduidelijken.
Ze lacht voor het eerst deze sessie. Is dat een ietwat erotische glimlach? Ik kan me erotiek bij haar helemaal niet voorstellen. Heeft dat te maken met het gespierde uiterlijk van onze Tyson stofzuigers, iedereen kent ze van onze reclame.
'Het is heerlijk, om met mijn Tyson te stofzuigen. Ze zijn zo sterk en hebben zulke prachtige, ronde vormen,' zegt ze glimlachend.
Nu weet ik het zeker: haar ogen blinken erotisch.
'Stofzuigen is echt een plezier geworden,' voegt ze eraan toe en lacht mysterieus.
Kan een vrouw zoals zij ook seks hebben? Wie wordt hier eigenlijk behandeld in deze therapie? Zelf heb ik bij mijn vaste klant Michelle uit Bloemendaal aan den lijve ondervonden dat Tyson Stofzuigers je kunnen verleiden tot erotische avonturen. Dromend keer ik terug naar het

verleden en draai mijn gezicht weer naar het raam toe, het regent nog steeds hard.
'Meneer Holland, blijf geconcentreerd. Droom alstublieft niet om de havenklap weg.'
Voor de tweede keer schrikt ze me bruut op uit mijn erotische, avontuurlijke dromerij en betrapt me wederom op heterdaad. Mijn blozende wangen gaan op herhaling, hoewel deze keer wat minder rood op de schaamkaken. Schijnbaar heeft ze zelf ook erotische fantasieën, dus dat is kennelijk heel menselijk.
'Welke toekomstperspectieven ziet u in uw leven, meneer Holland,' pakt mijn psycholoog de draad weer op.
'Ik ga verhuizen naar Turkije.'
Nog een ontwijkend antwoord om uit mijn huidige levenssituatie te ontsnappen.
'Sorry?!', vraagt ze met enige verbazing.
'Dat is toch ook een toekomstperspectief?!', verdedig ik mijn antwoord.
'Bent u ergens voor op de vlucht, meneer Holland? Heeft u angst voor iets hier in uw thuisland?'
Voorlopig wijst ze echter mijn toekomstperspectief om naar Turkije te verhuizen

niet meteen van de hand en gaat mee in mijn verbeelding.

'We hebben al genoeg vluchtelingen hier in Duitsland?', ga ik verder in op hetzelfde denkbeeldige toekomstperspectief.

'Wat hebben vluchtelingen ermee te maken?'

'Miljoenen vluchtelingen zijn uit Turkije gekomen, als één ander iemand de andere kant op gaat lijkt me dat geen probleem.'

Toegegeven, dit heeft misschien meer weg van een illusie en een brainwave dan een toekomstperspectief. Maar ik kan hier ook niet bekennen dat ik op de vlucht ben voor de Duitse belastingdienst. Hoofdschuddend maakt mijn psycholoog haar tweede notitie. Illusie? Gedesillusioneerd? Op de vlucht? Turkije? Wat schrijft ze op?

'Meneer Holland, het is belangrijk dat u hier over uzelf leert praten. Open, zonder angst, uw gevoelens delen over wat er is gebeurd en wat er werkelijk in u omgaat,' legt ze uit.

'Dat is toch wat ik nu doe?'

Ze kijkt me een beetje hulpeloos aan.

Ik zie geen verschil: ik heb het toch over wat er in mij omgaat. Ach ja, de cirkel van denkbeeldige en illusionaire gedachten in mijn hoofd.

Mijn mobiele telefoon vibreert in mijn broekzak. Verergerd kijkt mijn psycholoog me aan. De eerste basisregel die ze uitlegde, was dat de mobiele telefoon niks te zoeken heeft in de behandelkamer. Onhandig friemel ik de telefoon uit mijn broekzak. Het is Pieter, mijn advocaat.
'Pardon dokter, maar dit is héél, héél dringend, mijn advocaat. Deze oproep moet ik aannemen ook al komt hij niet van god!'
Mijn psycholoog verdraait haar ogen.
'Laat God erbuiten alstublieft.'
Door mijn telefoon aan te nemen, maak ik hier geen vrienden.
'Hallo Dieter, hier Pieter.'
'Hallo Pieter, wat is er?'
'Je juridische positie is erg sterk, Tyson kan je niet zomaar dumpen,' legt Pieter uit en wijdt verder uit aan de telefoon.
Na een paar minuten bloost nu mijn psycholoog zo rood als een zontomaatje en maakt het gebaar om haar keel af te snijden! Ze bedoelt waarschijnlijk dat ik het gesprek nu moet beëindigen.
'Past de afspraak volgende week?', vraagt Pieter afsluitend.
'Ja, ik zie je volgende week, ik moet nu ophangen, ik zit hier in een vergadering.'

Telefoongesprekken met advocaten kunnen langer duren omdat ze geld verdienen door tijd te besteden met hun klanten aan de telefoon. Maar mijn psycholoog ziet er inmiddels roodgloeiend uit, ze staat op ontploffen.

'Ik schrijf u voor om het boek van Eckhart Tolle te lezen voor de volgende sessie: "De kracht van het Nu". Het is vooral belangrijk dat u leert te leven en zijn in het heden, in het hier en nu. Laat u niet altijd mentaal afleiden door afspraken met uw advocaat voor volgende week of andere zogenaamd, bijzonder belangrijke afspraken. Hoe vaak heb ik u dat al niet verteld, meneer Holland? De mobiele telefoon blijft buiten tijdens onze therapiesessies. We zijn alleen hier in het nu. Verleden en toekomst bestaan niet in het heden.'

Ik kijk haar verward aan. Huh? Verleden en toekomst bestaan niet meer? Maar we praten hier nu in het heden, de hele tijd over mijn verleden en toekomst?

'Waar waren we ook alweer gebleven?'

We moeten terugkomen op de rode draad van onze sessie van vóór mijn telefoongesprek met Pieter.

'Zal ik over deze kwestie met god een boek schrijven zodat u het beter kunt begrijpen, dokter?'

Ik bedoel hiermee niet alleen God, maar ook Heinz, mijn baas van Tyson die ik god noem. Maar dat heb ik haar nog niet uitgelegd.
'Wat heeft God hier toch mee te maken?'
Ze kijkt me verbaasd en nieuwsgierig aan.
'Niet zo veel, maar misschien wil ik boek auteur worden of moet ik zeggen schrijver?'
'Beide zijn in orde, kom ter zake alstublieft.'
'Kijk ..., de bijbel is er al! Heeft het zin om nog een boek over dit thema te schrijven? Iets schrijven in Gods naam ..., ik bedoel in godsnaam, ... of als God wil dat ik dat doe. Wat denkt u dokter?'
'Meneer Holland, ik word hondsdol van u! Blijf geconcentreerd! We hebben het hier over u, niet over God!'
'Maar zelfs als mijn boek niet goed wordt ontvangen, zal het me helpen deze kwestie te verwerken.'
Graag wil ik goedkeuring en een aanmoediging van haar horen.
'In hemelsnaam, schrijf uw boek en neem het eerste hoofdstuk mee voor onze volgende sessie. Hoe heeft u ooit één enkele Tyson stofzuiger kunnen verkopen?!'

Dit was geen overtuigende aanmoediging van mijn psycholoog. Dan moet mijn eerste hoofdstuk haar maar overtuigen.

'Over twee weken zien we elkaar weer, meneer Holland. Hier is uw recept voor een verhoogde, dubbele dosis Trimipramine.'

Is de sessie van vandaag al afgelopen? Heeft de dokter me voor vandaag opgegeven? Misschien wil ze met haar Tyson spelen en wat erotische fantasie beleven. Hoe dan ook, voorlopig accepteert ze mijn nieuwe rol als boek auteur of schrijver en ik mag dan mijn fantasie inbrengen! Ze heeft me er niet van weerhouden om voorlopig boek auteur te worden. Is dit allemaal realiteit of droom ik gewoon? Zoals altijd, zijn er weer veel onbeantwoorde vragen. Alles is een beetje wazig, mijn hoofd is niet helemaal helder. Is dat het effect van de Trimipramine? Mijn humeur is tenminste minder somber dan een paar weken geleden. Het is weer droog en de zon komt door. Misschien zit er vanavond toch nog een potje tennis met mijn maatjes in.

Een samenleving die prestatie- en statusgericht is en hoge verwachtingen stelt, zorgt voor grote tijdsdruk en veel stress. Aan de verwachtingen wordt vaak niet voldaan. Teleurstelling, woede en andere emoties volgen en kunnen tot ernstige psychologische problemen leiden. Maar niet alleen stress op het werk of in persoonlijke relaties kunnen tot een depressie leiden, ook sterfgevallen of onverwerkte traumatische ervaringen uit de kindertijd kunnen een depressie veroorzaken. Ook erfelijke aanleg speelt een rol.

Mijn moeder is al meer dan 30 jaar chronisch depressief en is die hele periode medisch behandeld door een psychotherapeut. Hier heeft Dieter misschien wel een verhoogd genetisch risico. En toen kwamen er nog wat onverwerkte dingen uit mijn jeugd bovenop. En hup, daar ga je een acute depressie in. Maar wie heeft niet enkele van deze bovenstaande omstandigheden meegemaakt? Iedereen heeft wel eens te maken met één of meer van deze triggers voor een mogelijke depressie. Alleen al in Duitsland wordt elk jaar bij ongeveer vijf miljoen mensen onder klinisch behandeling de diagnose depressie vastgesteld. Als je dan nog de alcoholverslaafden zoals Dieter eraan toevoegt, die depressies met zelfmedicatie en alcoholgebruik behandelen om hun problemen te verdoezelen, dan is depressie duidelijk de meest voorkomende ziekte in

Duitsland. Niet vreemd dat de agenda's van psychotherapeuten en psychologen zijn volgeboekt.

Bij de volgende sessie met mijn psycholoog lijken we elkaar wat beter te begrijpen. Ik heb mijn mobiele telefoon thuisgelaten en ben nu meer in het heden, wat ook haar werk gemakkelijker maakt. Braaf heb ik volgens haar recept het boek van Eckhart Tolle gelezen: 'De kracht van het Nu'. Mijn indruk is dat het boek een religieuze insteek heeft. Hoewel ik normaal gesproken wegblijf van dogmatische, religieuze literatuur, fascineren en grijpen zijn filosofische theorieën me ergens. Er zit iets in.

Het decolleté van de jurk van mijn psycholoog is deze keer veel dieper, nu kan ik zelfs de naakte contouren van haar borsten onderscheiden. Ons gesprek vorige week heeft kennelijk voor opwinding en fantasie gezorgd. Maar ingaan op mogelijke avances, doe ik niet. Daar hebben we niet genoeg chemie voor. We houden het voorlopig bij mijn mentale therapie. Mijn psycholoog vat onze voorgaande sessie samen:

'U bent uw geliefde baan als Executive Sales Director met een bovengemiddeld salaris

kwijtgeraakt. Dit was naar uw mening totaal onrechtvaardig. Het verlies van wat voor u als uw baby aanvoelde. Het verliezen van de status die bij deze gerenommeerde baan hoorde alsook het bijbehorende ego. U voelt zich verdrietig en teleurgesteld. Soms komt woede over u heen, vanwege het gevoelde onrecht.'
Ze pauzeert even en kijkt me nadrukkelijk aan.
'En u bent van plan naar Turkije te verhuizen als boek auteur of schrijver?! Komt dat ongeveer overeen met uw huidige situatie, meneer Holland?'
Goh, probeert ze me op te vrolijken? Ondertussen, nadat ik 'De kracht van het Nu' heb gelezen, begrijp ik beter wat een ego betekent.
'Ja, dat is zo ongeveer de waarheid,' bevestig ik haar samenvatting.
Toegegeven, de essentie van de ontwikkelingen in mijn leven heeft ze goed in kaart gebracht tijdens de vorige sessie. Het eerste hoofdstuk van mijn boek heeft natuurlijk ook haar begrip van mijn situatie vergroot. Ongevraagd, bekruipen mijn onderdrukte, onrustige gevoelens me en lopen zonder toestemming weer naar binnen, na haar samenvatting van mijn huidige toestand. Een

onbestemd en zeurderig gevoel maakt zich meester van mijn buik.

'Denkt u wel eens aan de dood, meneer Holland?'

Met deze directe vraag verrast ze me.

'Iedereen denkt weleens aan de dood, toch?'

Een nogal irrelevante reactie.

Hiermee vertel ik weer niks over mijzelf.

'Heeft u ooit aan zelfmoord gedacht?'

Ze verrast me wederom met nog een directe vraag.

'Van tijd tot tijd rijd ik met hoge snelheid op de snelweg en vraag me af hoe het zou zijn als ik de controle zou verliezen, een boom zou raken en mijn leven abrupt zou eindigen. Maar de gedachte wordt meer gedreven door nieuwsgierigheid dan door suïcidale neiging, denk ik.'

Mijn psycholoog maakt weer een aantekening.

De leider van de Karinthische BZÖ, de voormalige partijleider van de FPÖ in Oostenrijk, Jörg Haider, stierf bij zo'n abrupt ongeval. Met naar schatting meer dan 140 kilometer per uur rolde zijn Volkswagen Phaeton meerdere keren over de kop, kort na middernacht. Zelfs de Volkswagen Phaeton overleefde dit niet en werd volledig verwoest. Een tragisch ongeval waarbij de partijleider vrijwel op slag dood was. Naar verluidt was er alcohol in het spel. Een smsbericht kan hem ook hebben afgeleid tijdens het rijden. Er zijn ook onbewezen complottheorieën, variërend van de Israëlische Mossad tot de vrijmetselaars of de banken, die achter het ongeluk zitten. Hierover is zelfs een boek 'Jörg Haider - Accidental Death, Murder or Assassination?' verschenen. Het boek beschrijft deze complottheorieën. Nogmaals, de waarheid is niet gemakkelijk te achterhalen. Waanvoorstelling en waargenomen waarheid liggen weer dicht bij elkaar. Voer voor psychologen: de complottheorie zou de feiten mogelijk zodanig kunnen ombuigen dat het geloof, waarin veel van zijn volgelingen emotioneel hebben geïnvesteerd, kan worden gehandhaafd. Op deze manier komt het zelfrespect van zijn fan gemeenschap niet in gevaar. Vermindering van cognitieve dissonantie noemen psychologen dit. Zelfmoord was waarschijnlijk niet in het spel hier.

'Hallo meneer Holland, hallo ………! Bent u getrouwd?', herhaalt mijn psycholoog dezelfde vraag en haalt me abrupt uit mijn overpeinzingen, terug in de werkelijkheid.

'Een week geleden hebben mijn vrouw en ik besloten uit elkaar te gaan. Ik ga een Airbnb zoeken en trek binnenkort uit.'

'Dus u gaat met een volledig schone lei beginnen?'
Ze maakt nog een aantekening.
'Ja, het is een blanco, onbeschreven vel papier,' stem ik in met haar conclusie.
'Nou ja, een nieuw begin misschien wel. Maar een blanco vel papier, daar ben ik nog niet zo zeker van,' antwoordt ze.
'Hoe dan ook!', voeg ik nog nogmaals een irrelevante opmerking van mijn kant toe.
'Wat zijn de belangrijke menselijke verbindingen in uw leven?', hervat ze.
'Mijn dochter en mijn nichtje Evita,' antwoord ik spontaan, zonder aarzeling.
Onmiddellijk verschijnt een brok in mijn keel en dikke tranen biggelen plotseling over mijn wangen. Waar kwam dat opeens vandaan? Hoe heeft ze dat voor elkaar gekregen? Blijkbaar raakte ze een gevoelige snaar bij mij.
'U kunt huilen, meneer Holland, dat is geen probleem. Het helpt u in het verwerkingsproces.'
Voor het eerst voel ik oprechte en warme empathie in haar stem.
Ze geeft me een zakdoek uit de doos die al klaar staat op tafel. Mannen houden er niet van om te

huilen in het bijzijn van vrouwen, dat past niet bij hun ingebeelde ego.

'En Eleonora, onze schoonmaakster ..., de Poolse ambachtslieden van de overkant ..., mijn buren, ... mijn moeder, vader en niet te vergeten mijn tennismaatjes,' waarmee ik mijn lijst met menselijke connecties verder uitbreid.

'Erg waardevol..., dat is meer dan alleen twee jongeren om u aan vast te houden in uw leven en u de rug te rechten,' stelt ze tevreden vast.

Nog een aantekening gaat in haar notitieboekje: dit is vandaag echt een productieve sessie. Het is wel een beetje twijfelachtig of mijn tennismaatjes me echt zullen steunen om mijn rug te rechten. Hoewel meer dan 20 tennismaatjes in getal, zijn de Keulenaren in de groep niet echt te vertrouwen. Ze smeden altijd samen. Ze mobiliseren zich tegen Dieter de Hollander in de WhatsApp groep en probeerden me al een keer terug naar Nederland uit te wijzen. Waarschijnlijk gewoon een goedbedoelde Keulse grap.

'Uw medische behandeling met Trimipramine zetten we voort,' beslist mijn psycholoog.

Mijn ongemakkelijke gevoelens zijn weer verdwenen. Na de rollende tranen voel ik me een beetje beter. Tijdens onze sessies heb ik zelfs een warme sympathie ontwikkeld voor mijn psycholoog, die misschien zelfs wederzijds is. Nieuwsgierig kijk ik wat dieper in haar decolleté. Mooie borsten voor haar leeftijd, moet ik toegeven. Maar voorlopig wil ik niet meer dan alleen nieuwsgierig en onschuldig naar hun tweetjes kijken. Laten we nu deze weg niet verder inslaan.

Vandaag is het mooi nazomerweer om te tennissen en ik maak een afspraak met Juan Carlos, die onlangs ook gescheiden is van zijn vrouw. Hij trouwde met een Duitse vrouw en verhuisde met haar of voor haar, van Spanje naar Duitsland. Vier kinderen hebben ze, dan is de scheiding veel zwaarder dan bij één volwassen dochter, dat is een andere klasse. Tennis is de perfecte mentale uitlaatklep voor psychische problemen. Hoewel tennis zich echt richt op fysieke activiteit en mentaal alleen op tactiek, kun je jezelf helemaal verliezen in een partijtje tennis en je alledaagse problemen vergeten. Schakel geestelijk een paar versnellingen terug en land weer op aarde. Ook vandaag hebben Juan Carlos en ik alleen oog voor de bal en rennen we als idioten achter de gele ballen aan. Juan Carlos is superieur in tennis, maar dat maakt niet uit. Na anderhalf uur ben ik fysiek gebroken, maar mentaal veel meer ontspannen dan ervoor.

De psycholoog moet de waarheid in het hoofd van zijn patiënten vaststellen. De waargenomen waarheid is vaak ver verwijderd van de realiteit in het echte leven. De psycholoog moet met pure en volledige empathie te werk gaan, zodat ze zo diep mogelijk in de hersenen van hun patiënten kunnen kijken. Uiteindelijk moet ook de psycholoog haar diagnose stellen. Wacht in het beste geval zo lang mogelijk voordat je een oordeel velt als psycholoog. Hoe langer en meer inlevend de psycholoog met zijn patiënt meegaat, hoe completer het mentale, psychologische beeld van zijn klant zal zijn. Bekijk de film 'Primal Fear' maar eens, met Edward Norton en Richard Gere. De psycholoog ervaart de echte waarheid aan het einde, wanneer hij ontdekt dat hij zijn patiënt verkeerd heeft ingeschat. De moordenaar is waarschijnlijk toch niet schizofreen.

'Er was dus nooit een Roy?', vraagt hij aan de zachte, schizofrene broer Aaron.

'Word wakker! Er is nooit een Aaron geweest, Dokter!'

Koelbloedig en fenomenaal in het gezicht gelogen, tijdens alle sessies voor het diagnosticeren van mogelijke de schizofrenie. Zal er in het geval van Oscar Pistorius ooit een dergelijke verklaring van de waarheid komen? Heeft hij ook ronduit koelbloedig gelogen of was hij onderhavig aan echte mentale illusie?

Het is mij nogal onduidelijk waarom psychotherapeuten mensen zo snel en vooral behandelen met medicijnen. De meeste medicijnen zijn verslavend bij gebruik op middellange of lange termijn. Worden de artsen beïnvloed met financiële commissies van producenten van medicijnen? Willen artsen ons weer zo snel mogelijk maatschappelijk laten functioneren en terugkeren naar een normatieve deelname aan de samenleving? De echte oorzaak van depressie of andere psychische aandoeningen blijft meestal onverwerkt en onbehandeld, anders dan alleen met medicatie. Bijvoorbeeld bij de behandeling van de chronische depressie van Dieters' moeder, wordt de medicatie al 30 jaar lang voortgezet. Vanwege het risico op terugval kan de medische behandeling van de patiënt na enige tijd van regelmatig gebruik niet meer worden stopgezet. Verslaving aan de medicatie is het resultaat. De behandeling moet meer gericht worden op de ondersteuning van patiënten bij het verwerken van ervaringen en gebeurtenissen die tot een depressie hebben geleid. Bepaal dus niet alleen waarom de patiënt depressief is geworden. Maar behandel depressies vooral door de patiënt te ondersteunen en adviseren, hoe hij deze ervaringen en gebeurtenissen autonoom, zonder medicatie, psychologisch kan verwerken met als doel de hormonale stofwisseling in het hoofd weer op de rails te krijgen. Niet uitsluitend medische behandeling van de patiënt met chemische medicijnen als input en gedrag als output. Of ga gewoon voor frequente en lange wandelingen, zoals Dieters' Forrest Gump wandelingen, en probeer het hormonale metabolisme in het hoofd en lichaam te herstellen met behulp van fysieke activiteiten. Gelukkig is de benadering in de psychologie het afgelopen decennium in deze richting gegaan, weg van puur medische zorg voor geesteszieken. Dat is heel positief en Dieter staat daar volledig achter. Zijn levenservaring ondersteunt deze visie.

Dieter lijkt meer op de psychologen dan de huisartsen. Met empathie luistert hij naar zijn klanten om inzicht te krijgen in hun stofzuigbehoeften. Als het aansluit bij de behoeften van de klant, sluit hij graag een Tyson Titanic Premium meerjarig contract af. Maar als het niet aansluit bij de wensen van de klant, wil hij een klant liever geen contractondertekening opleggen. Dat is niet leuk en geeft hem een slecht gevoel. Dus alleen als het klopt vanuit het gezichtspunt van zijn klanten, gaan ze het Tyson Titanic zuigplezier ervaren, misschien zelfs met een beetje erotiek erbij. Dieter wil de verwachtingen van zijn klanten graag overtreffen.

Donkere Wolken

Het is nu een goede maand geleden sinds het korte gesprek met god plaatsvond. Vanavond zijn Gunther Jauch en Markus Lanz weer op televisie om afleiding te bieden van mijn mentale gewoel. De rode wijn, een Corbières van Jacques Wijn Depot, vergezelt me bij de Tv-shows met een plezierige smaak. Het was een goede aanbeveling van de eigenaar. Vandaar dat de fles snel leeg is, een compliment voor zijn smaak. Nu is het bedtijd, Trimipramine na de wijn, tandenpoetsen en naar bed.

Wat kruipt daar op de badkamervloer? Een zwart lang gebogen keverachtig dier kruipt over de badkamervloer. Ik stamp het dood met mijn voeten, het blijkt echter weerbarstig te zijn en sterft pas bij de 20ste poging. Zo'n vreemd keverachtig insect heb ik nog nooit eerder gezien. Is dat een teken aan de wand voor wat er gaat komen? Een blik in de toekomst? Ondanks dit korte intermezzo val ik relatief snel en gemakkelijk in slaap. De overvloedige wijnconsumptie en Trimipramine zorgen ervoor dat dit vloeiend en onbemerkt verloopt, althans aan het begin van de nacht. Daarentegen word ik midden in de nacht angstig wakker met een stekende pijn in mijn kleine teen. Is dit echte pijn of is het denkbeeldig? Nee, deze pijn lijkt echt te zijn. Ik wacht om te zien of het weggaat, het gebeurt niet. Het wordt alleen maar intenser en verspreidt zich in mijn voet. Wat voor schorpioenachtige kever was dat die ik voor het slapen gaan in de badkamer doodtrapte? Word ik waanzinnig? Of is dit allemaal slechts een nare droom? Moet ik weer naar mijn dokter of psycholoog? De wekker op mijn smartphone geeft aan dat het 02 uur 20 kort na middernacht is. Huh, ... er zijn veel minder ongelezen e-mails: van 200 gisteravond tot onder de 100 stuks nu. Leest het management van Tyson in het geheim mijn e-mails? Bijna al mijn e-mails zijn vanavond of gisteravond gelezen. Zijn ze op dit moment, midden in de nacht, nog steeds online? Heeft het management van Tyson toegang tot mijn e-mails? Mijn verbeelding draait door in een vicieuze cirkel, dit eindeloze gepeins maakt me waanzinnig. Maar ik kan deze gedachtestroom niet stoppen. Het is alweer 4 uur 20 uur plus een beetje. Meer dan twee uur woelmuis gerol in bed. De vreemde stekende pijn in mijn voet is gelukkig

PAGE 68

verdwenen. Toch nog maar een poging doen om een rondje te slapen, anders verandert het wakker blijven in een nachtmerrie. Ik slik nog een Zolpidem Al slaappil, om te kalmeren en mijn slaap te bevorderen.

Volledig nat van het zweet word ik kort voor elf uur wakker. Hoe nu verder met de Duitse belastingdienst? Flitst het plotseling door mijn hoofd. Volgens de laatste status worden mijn dividenden nog steeds dubbel belast in Duitsland en Nederland. In het laatste telefoongesprek met mevrouw Deppert hebben we elkaar door de telefoon bijna in stukken gescheurd en vervolgens abrupt opgehangen. Als ik geen geldig document kan overleggen, zullen ze de inhouding van de Nederlandse bronbelasting in de toekomst natuurlijk niet erkennen. Dit wordt dan hun nieuwe standaard voor het omgaan met mijn aangifte inkomstenbelasting. Daarmee wordt dubbele belasting de nieuwe realiteit. Mevrouw Deppert, zo'n ambtelijke, bureaucratische wurm, waarom accepteert ze het bestaande document van mijn bank niet? Alle belangrijke gegevens staan op het document, ongelooflijk! Zal ik toch maar langsgaan op het belastingkantoor in Essen om dit persoonlijk met haar regelen. Even overweeg ik het. Maar zo'n persoonlijk bezoek zal niet het beoogde effect hebben, ze is een meester in het letterlijk volgen van de Duitse belastingwetten en het Duitse regelwerk. Ze zal zeker geen flexibiliteit of tolerantie tonen jegens haar Nederlandse vriend Dieter. Woede komt weer naar boven, dit is onrechtvaardig! Bestaat gerechtigheid niet meer in deze wereld? Tja, mijn geliefde Turkije zou hier weer een oplossing bieden. Dan zou de Duitse belastingdienst niets meer krijgen. Ook de Nederlandse belastingdienst staat dan met lege handen en onze Turkse president Erdogan zal de lachende derde zijn. Twee partijen maken ruzie om een been, de derde gaat ermee heen, zegt het Nederlandse spreekwoord. Wat is God aan het doen met mij?

Dan is ook nog mijn bezoek aan Arboned aanstaande. Volgende week zal een bedrijfsarts van Arboned mij onderzoeken en een tweede mening geven over mijn gezondheid. Arboned bekijkt het ziektebeeld en beoordeelt of de medewerker al geheel of gedeeltelijk klaar is om weer aan de slag te gaan. Wat zal ik de bedrijfsarts vertellen? Dit is de eerste keer in twintig jaar dit ik me ziekmeld. Deze procedures tijdens ziekteverlof zijn mij niet bekend. Het beste is waarschijnlijk om altijd de waarheid te vertellen, de waarheid duurt het langst. Mag je tijdens je ziekteverlof eigenlijk dagelijks wandelen? Als iemand echt ziek is, kun je toch niet meer wandelen? Volgens mijn huisarts zou dit geen probleem zijn, ze heeft het zelfs voorgeschreven als onderdeel van mijn behandeling. Misschien stuurt Tyson wel een spion ter observatie, om bewijs tegen mij te verzamelen, zodat ze mij kunnen chanteren. Wederom woelt er te veel fantasie in mijn hoofd. Blijf gewoon 'Down to Earth' en ontspan je, er is geen wettige manier om dit te doen, toch?! Dan is er ook nog de scheiding van mijn vrouw, die parallel loopt. Deze week moeten we een Excel-tabel samenstellen om aan te geven wie welke delen van onze huishoudelijke spullen meeneemt. Iedereen die door een scheiding is gegaan, kent deze processen waarschijnlijk. Het eindeloze gepeins blijft mijn oververhitte hersenen belasten en de tijd tikt door. Volgens Eckhart Tolle is er geen tijd, alleen het heden en het Nu! Oh nee! Het is al kwart voor vier, ik had al om drie uur bij mijn volgende sessie met mijn psycholoog moeten zijn, helemaal gemist. Precies, drie gemiste oproepen op mijn smartphone en een nieuwe voicemail. Ik luister naar de voicemail.

'Hallo meneer Holland, bent u er nog? Alles goed met u? Komt u vandaag naar de sessie? Neem zo spoedig mogelijk contact met mij op en laat me weten of alles in orde is.'

Haar stem klonk oprecht bezorgd.

Ik druk op de terugbelknop.

'Meneer Holland?'

'Ja, Dieter hier.'

'Gaat het goed met u?'

'Redelijk oké, ik zat een beetje in mijn gedachtencirkels en was aan het dagdromen.'

'Blijf in het Nu en het heden, meneer Holland. Denk alleen aan die onderwerpen die vandaag afgehandeld moeten worden. Probeer niet al uw zaken in één keer op te lossen.'

'Ik zal het proberen dokter.'

'En maak zoveel mogelijk lange wandelingen, ook vandaag nog als het kan.'

Ik begin langzaam haar advies ter harte te nemen. Het geluid van een nieuwe notitie die ze in haar boekje opschrijft, is te horen aan de andere kant van de lijn.

'We verplaatsen de sessie naar dezelfde tijd, volgende week vrijdag.'

'Heb het genoteerd, prettig weekend dokter.'
'U ook meneer Holland.'
We hangen op.
Eigenlijk heeft ze helemaal gelijk. Het heeft geen zin om de hele dag binnen te zitten en in een geestelijk labyrint rond te dolen. Dan moeten we de dolende gedachten indammen en gaan sturen. Concentreer ze alleen op dat wat er vandaag moet worden afgehandeld! Als een kwestie niet voor vandaag is, moeten we dat werk aan de weg maar naar later doorschuiven. Deze ongeleide projectielen en het mentale tumult vernietigen mijn productiviteit. Wellicht beginnen met een 'To Do' lijst en de acties prioriteren.

Op dezelfde dag tijdens mijn Forrest Gump wandeling was mijn vermogen om de wereld waar te nemen en simpelweg te Zijn weer wat meer aanwezig. De bereidheid tot menselijke ontmoetingen en praatjes met honden en hun bazinnen was er weer. Thuisgekomen van mijn wandeling, begroeten de Poolse ambachtslieden me vanaf de overkant van de straat. Een drietal: Jancko de leider van de troepen, met zijn broer Timo en zijn zoon Wasili.

'Dobry dzień,' mompel ik in mijn best mogelijke Pools, wat zoveel betekent als goedendag.
'Deze week niet werken?' vraagt hij met een Pools accent, in gebroken Duits.
'Nee, ik ben met ziekteverlof.'
'Oh jee, Dieter!'
'Binnenkort word ik boek auteur,' antwoord ik half grapje, half serieus.
Hij lacht. Ofwel uit medeleven of hij lacht me uit.
'Boek auteur?! Kom, laten we daar een wodka op drinken en een paar kaasjes en worstjes snacken.'
In hun piepkleine hutje opent hij de koelkast, wordt dit toch nog een leuke avond aan het einde van deze lange dag? Het drietal woont en slaapt hier op iets meer dan 20 vierkante meter, inclusief koelkast en douche. Veel ruimte heeft het drietal hier niet. Het eerste shot wodka volgt als welkom en hallo.
'Niet meer werken in Nederland? Dieter nu een boek auteur,' spiegelt Jancko mijn mogelijke toekomst voor.
'Ja, mijn baan is weggekaapt. De scheiding is aangekondigd door Tyson. Vorige week hebben ze een beëindigingsovereenkomst voorgesteld. Ik word dan voor drie maanden vrijgesteld van werk,

daarna wordt de arbeidsovereenkomst beëindigd. Een stille afgang na 20 jaar trouwe dienst.'
'Werk is na 20 jaar weg, verschrikkelijk!', bevestigt Jancko in schattig Pools Duits.
Instemmend knik ik ja.
'Is niet goed, ... niet goed!', voegt hij toe en benadrukt het verlies.
Hup, nog een wodka met een plakje kaas erop om inwendige de alcohol te absorberen.
'Dieter, geen Tyson stofzuigers meer verkopen?'
'Ja.... nooit meer Tyson stofzuigers verkopen. En ik ga ook weg bij mijn vrouw. We hebben deze maand besloten uit elkaar gegaan. Het is waarschijnlijk het jaar van de scheidingen voor mij,' voeg ik toe.
'Wat??!!'
Hij is stom van verbazing.
Hup, nog een wodka en een stukje Poolse worst om dit schokkende nieuws te verwerken.
'Jouw vrouw ook weg, scheiding?!' vraagt hij vol ongeloof en kijkt me medelijdend aan. Nogmaals, knik ik bevestigend.
'Helemaal niet goed!' Mijn situatie wordt nu ernstiger ingeschat door Jancko. In Polen, een land met katholieke oriëntatie, is scheiding niet de regel en niet populair. Scheiding wordt koste wat het

kost vermeden in Polen. Hop, de volgende wodka. Dit keer met een augurk tussendoor.

'En jullie huis?' vraagt hij met een beetje eigenbelang.

Een betrouwbare, goed betalende klant kan wegvallen uit zijn orderboek.

'Het huis wordt verkocht: het te koop bord staat al in de tuin.'

'Je huis ook weg, mijn God!'

Polen met hun katholieke geloofsovertuiging zeggen niet zo snel 'mijn God', dan is er iets heel ergs aan de hand, stront aan de knikker!

Dit wordt een lange bekentenis en een lange avond. Ik kan mijn hoofd nauwelijks meer bewegen.

'Ook niet goed, jij gaat slapen in de kerk!'

Dat is misschien de Poolse, katholieke oplossing. Hij probeert me zogenaamd op te vrolijken en een perspectief te bieden. Maar in een kerk vol gescheiden mannen en vrouwen, dicht bij elkaar, wil ik ook niet slapen, in deze tijd van Corona. Alhoewel in Polen, vanwege het katholieke geloof en het lage aantal echtscheidingen, de kerk waarschijnlijk behoorlijk leeg is. Hop, een nieuwe fles wodka en verder gaan we. Een plakje worst achteraf om het alcoholpeil in het bloed af te remmen. Jancko moet alles in korte tijd verwerken, maar ik ook.

Timo is al volgelopen en gaat naar bed, zingend in het Pools. Wasili, zijn zoon, lag al in bed. Wasili houdt zich altijd afzijdig als we weer samensmeden en kijkt toe op afstand. Hij leert in goede zin van het wangedrag van de oudere generatie. Hij drinkt nooit één druppel alcohol, althans niet in mijn aanwezigheid.

'En ik ga naar Turkije!'

Nu probeer ik mijn lot in eigen hand te nemen en leg al mijn kaarten op tafel. Jancko verslikt zich spontaan en hoest hevig. Het laatste stukje worst opgelost in wodka vliegt in kleine druppels en aerosolen horizontaal, dwars door de lucht. Besmette hij me toen al met Corona? Hij kwam waarschijnlijk regelmatig in de kerk en vierde ook carnaval.

'Sorry, wat zei je zojuist?!', brengt hij proestend uit.

'Ik ga naar Turkije,' herhaal ik.

Hij overweegt kort hoe hij zal reageren,

'Dat is goed! Turkije is een heel mooi land!'.

Eindelijk spreekt hij een oordeel uit met het etiket goed. Waarschijnlijk wil hij niet dat ik vanavond suïcidaal word, vanwege te veel van zijn negatieve

oordelen met het label 'niet goed'. Bedoelt hij dit serieus over Turkije? Wil hij me opvrolijken?
Hup, dit keer een wodka gevolgd door weer een blokje kaas. Zijn emotionele aanmoedigingen helpen, de euforie neemt bezit van mijn lichaam en stijgt op in mijn hoofd na anderhalve fles wodka, kaas, augurken en Poolse worst.
'Je bent vrij! Vrij als God.'
'Liber Sum.'
Zeg ik trots in het Latijn en zwaai met mijn wijsvinger in de lucht. Meer dan mijn wijsvinger zal ik vandaag niet meer omhoog krijgen.
'Pardon?!'
'Dat is Latijn voor: ik ben vrij!' leg ik uit en vertaal het voor hem.
'Ja precies, wij vieren Dieter Lieve Som!'
Hij bedoelt waarschijnlijk dat ik vrij ben in akoestisch correct Latijn. Hop, de volgende wodka gaat erin, nu is het weer de beurt aan het ingelegde komkommertje.
'Spreken Latijn in Turkije?', vraagt hij met een glimlach.
Het gesprek met korte slogans over en weer gaat verder op de wodka tot ik nagenoeg omval. Met een dubbele tong breng ik ternauwernood uit dat het nu toch echt tijd is om de straat over te steken

en naar huis te gaan. 20 meter af te leggen, gevoeld 20 kilometer. Het maakt niet uit, ik voel me vrijer en sterker dan ooit tevoren. Of is het de wodka brandstof die in mij ontvlamt en mij nieuwe energie geeft. In ieder geval ziet mijn toekomst er nu rooskleuriger uit. We omhelzen en omarmen elkaar hartelijk bij het afscheid nemen. Als het niet daarvoor met de aerosolen al was gebeurd, dan heeft deze knuffel me zeker het nodige aantal coronavirussen opgeleverd om ziek te worden. Maar dan is er een kort moment van helderheid in mijn hoofd, het is pas 2018, nog geen 2020. Er is dus nog geen Corona en ik hoef daar nog niet bang voor te zijn. Mijn verhaal eindigt niet voor 2020. Maar als boek auteur heb je de vrijheid om zulke fictie te schrijven zonder censuur.
'Pa Pa.'
'Pa Pa.'
Nemen we in het Pools afscheid van elkaar.
Ik wiebel naar huis, steek de straat over en pauzeer kort, me vasthoudend aan het bord in onze tuin. Als een uitgetelde bokser hang ik in de ring.
'Te Koop,' staat erop.
Dieter de boek auteur hangt aan het 'Te Koop' bord in de tuin. Het huis of mijn ego? Wat wordt

hier eigenlijk verkocht? Een auto rijdt langzaam voorbij en het stel staart me lachend aan.

'Niet ik, het huis!' roep ik luid naar het stel in de auto, dat me echter niet kan horen.

Moet ik nu ook nog mijn Trimipramine druppels nemen? Waarom niet, ze hebben sowieso geen bijkomend effect meer.

De waarheid slaat de volgende dag keihard toe en de naakte feiten maken de realiteit bij het wakker worden ondraagbaar. Daarbij komt ook nog een zware migraine. Ik slik twee Thomapyrin pillen, neem een paar druppels extra Trimipramine en draai me weer om. Enig verlangen om op te staan is vandaag verdwenen. Het is vandaag ook een dag met asgrijze, donkere wolken en het regent de hele dag door.

Om 07 uur 20 uur word ik de volgende ochtend wakker van vrouwengebabbel. Heb ik de hele dag en nacht doorgeslapen? Dan is het woensdag en is onze schoonmaakster Eleonora er vandaag. Een gevoel van overkokende Poolse wodka gaat door mijn hoofd. Ik doe snel een verkorte versie van mijn rug gymnastiek en sluip stilletjes het huis uit voor mijn volgende therapeutische Forrest Gump wandeling. Mijn wandelingen veroorzaken altijd onophoudelijke, enorme denkprocessen. Heeft mijn huisarts mij daarom deze wandelingen voorgeschreven? Weet ze wat deze wandelingen teweegbrengen? Is het een beoogd verwerkingsproces? Echtwaar, die wandelingen bewerkstelligen verwerkingsprocessen! Het is vandaag gaan regenen uit de donkere wolken. Het is ook behoorlijk koud. Zet de herfst nu eindelijk de zomer aan de kant? Na bijna twee uur kom ik doorweekt thuis. Binnengekomen hoor ik dat de Tyson stofzuiger nog volop draait, verwoed bediend door Eleonora. Een ongewilde gedachte aan mijn werk en de Tyson stofzuigers wordt losgemaakt. Ik had gehoopt dat het huis nu inmiddels leeg en stil zou zijn. Eleonora wil waarschijnlijk dat ik haar naar het treinstation breng. Onze schoonmaakster komt uit Ghana. Ze stofzuigt en maakt al 20 jaar ijverig en loyaal schoon bij ons. Net zo lang, loyaal en ijverig als Dieter gestofzuigd heeft bij Tyson. Met één verschil: we zullen Eleonora nooit de scheiding aanzeggen. Ze is gitzwart, zoals velen uit Afrika van onder de Sahara. Nou ja, politiek correcter gezegd: ze heeft een hele, diepe donkere huidskleur, om elk vermoeden van discriminatie hier te vermijden. Hoewel huidskleur niets zegt over gelijkheid of mensenrechten. Waarom speelt het dan een toch een rol bij discriminatie? Ik kan haar een lift naar het treinstation aanbieden, het regent tenslotte pijpenstelen.

'Eleonora, zal ik je naar het treinstation brengen?'

'Oh ja!', antwoordt ze met een glimlach. Haar ivoorwitte tanden worden zichtbaar, met hier en daar wat goud. Hopelijk hebben we haar niet overbetaald om dat dan in gouden tanden te investeren, denk ik bij mezelf.

'Laten we dan maar gaan. Heb je je sleutels Eleonora?'

'Ja, die heb ik.'

Ze kijkt me een beetje verbaasd aan.

'Ja, de laatste keer dat je in Ghana was, vergat je zus haar sleutels toen ik haar naar het treinstation bracht.'

Als Eleonora in Ghana is, biedt haar zus vervanging aan voor de schoonmaakdienst. Ze sluit de deur achter ons en vraagt een beetje geschrokken:

'Heb jij je sleutels wel?!'

Trots steek ik mijn hand in mijn broekzak, pak mijn sleutelbos en laat hem demonstratief grijnzend zien. Ze lacht en zegt:

'Jij bent grappig.'

Ik begrijp niet echt wat de grap hiervan is.
Spontaan vertel ik: 'Ik ga een boek schrijven, wil je er een rol in?'
'Ja dolgraag!'
Wederom met een grote glimlach. Jammer dat de zon vandaag niet op haar goud schijnt. We stappen in mijn auto.
'Ik ben gek op mooie, grote auto's.'
'Binnenkort wordt hij verkocht.'
'Nee, je maakt een grapje, dat meen je niet!'
'Nee, dat is geen grap.'
'Waarom?', vraagt ze verbaasd.
'Problemen op het werk.'
'Nee echt, niet weer hè?!'
'Wat bedoel je met alweer! De laatste keer dat ik problemen had op het werk was 20 jaar geleden, Eleonora!', antwoord ik een beetje verbaasd en defensief.
'Oh mijn God!'
Ook zij heeft, net als Jancko, dezelfde goddelijke reactie. Gaat God me uit deze misère halen? Vervolgens vertel ik haar over mijn korte telefoontje met god en wat er daarna gebeurde. Terzijde geschoven door een collega die 20 jaar jonger is en pas 20 maanden in dienst. Waarschijnlijk ben ik te ervaren, te oud of te duur.

Behandeld als een stuk vuilnis en op straat gezet. Zo voelt het tenminste.

'Dit is niet eerlijk, mijn God! Dit is niet eerlijk,' herhaalt ze.

Nogmaals God, ze is ook strikt religieus en leeft volgens het christelijk geloof. Ik ervaar het ook zo, oneerlijk! Desalniettemin een onaangename waarheid en de realiteit voor nu.

'Maar dit is de waarheid Eleonora, …. de harde waarheid en harde realiteit,' antwoord ik.

'Wanneer was de wereld ooit eerlijk en rechtvaardig? We zijn maar zo kort op aarde en als we gaan dan…................'

Ze moet haar zin onderbreken omdat de trein het station al nadert. Ze was diep verzonken in ons gesprek en miste bijna haar trein. Maar net op tijd springt ze uit mijn auto en werpt zichzelf met haar volle gewicht in de laatste wagon, waardoor de wagon een beetje wiebelt. Wat zou ze met haar laatste zin hebben willen zeggen?

Ze vindt het idee van het boek leuk, misschien alleen al om mijn kwesties te verwerken. Zij is de tweede menselijke connectie in mijn omgeving die dit project ondersteunt. Hoewel met tegenzin, stemde mijn psycholoog ook in. Mijn huisarts rolde van ongeloof met haar ogen en Jancko was ook nogal sceptisch. De stand is dus 2-2 in mijn privé tip spel in deze Bundesliga. In het echte Bundesliga tip spel speel ik onder de codenaam Holland-Wordt-Wereldkampioen en leid ik de tussenstand. Als ik bovenaan deze privé tabel land in dit Tyson boekenschrijfspel, zal alles uiteindelijk goed komen.

Een week later ben ik weer op weg naar Nederland. De medische beoordeling van de Arboned bedrijfsarts is aanstaande. Vanuit de auto bel ik mijn moeder, ze heeft onlangs een nieuw, ultramodern gehoorapparaat gekregen. Ze kan echter nog steeds niet zo goed horen. Daarom bel ik haar vanuit de auto zodat niemand het kan horen als ik tegen haar schreeuw, om me verstaanbaar te maken. Velen weten dit waarschijnlijk van hun eigen ouders als die 80 jaar of ouder zijn.
'Hallo mama........, Dieter hier.'
'Wiet hier?!', vraagt ze verbaasd.
Akoestisch gokt ze hier op drugs, die in Nederland veel gerookt worden.
'Geen wiet, Dieter hier!', herhaal ik luider.
'Oh, ben jij het, ik vroeg me al af!'
Ze heeft nu begrepen dat haar zoon aan de andere kant van de lijn is.

'Ik kom wat later, er staat 20 kilometer file tussen Utrecht en Den Haag!' Drie keer zo luid als normaal.

'Oké, we eten boerenkool met rookworst.'

Dieter is blij: boerenkool met worst en natuurlijk gebakken spekblokjes erbij. Wij Nederlanders zijn 's werelds beste koks! Zoals elke dinsdagavond eten we vanavond samen.

Na het diner met mijn moeder gaat de avond verder op mijn vaste Airbnb adres bij mijn vader. De witte wijn die we dronken bij de boerenkool van mijn moeder heeft een beetje verdunning nodig. Een dubbele whisky volgt bij mijn vader, er is weer een topwedstrijd op TV, Champions League: Ajax - Bayern München. Met een dubbele whisky praat het veel makkelijker. Vandaag is het eigenlijk een alcoholvrije dag voor mij, maar whisky plezier hoort bij zo'n voetbalwedstrijd. De uitzonderlijke talenten van deze Ajax lichting doen mijn vaders verwachtingen en voorspellingen wederom groeien, hij is euforisch op zijn oude dag. Als Ajax 3-3 gelijk maakt, spreek ik mijn overweging uit om boek auteur te worden. Ongelovig kijkt mijn vader me aan alsof ik uit een ander heelal val.

'Nu heb je echt een whisky of twee te veel gedronken.'

Hij neemt mijn overweging niet serieus.

Hij heeft gelijk, de tweede dubbele whisky was inderdaad een beetje te veel, mijn alcoholpegel is te hoog om nu nog helder na te denken en beslissingen te nemen.

De slaap komt vannacht snel in mijn benevelde whisky toestand, dit keer zonder slaappil. Mijn dromen zijn vannacht een rijk van fantasie, heel echt. Zijn dit medische bijwerkingen? Hallucinaties? Of was het omdat ik vanavond mijn Zolpidem Al slaappil niet heb ingenomen. Na stopzetting van de medicatie kunnen hallucinaties optreden, volgens de bijsluiter. Vanavond droom of hallucineer ik wild. Op de één of andere manier wil ik mijn advocaat tegen mijn psycholoog de rechtbank in sturen. De advocaat streeft naar mijn overwinning in de rechtbank, de psycholoog wil me beschermen en zegt dat ik mentaal niet fit ben om voor de rechtbank te verschijnen. Ze moeten dus zelf naar de rechtbank om te beslissen welke kant we op gaan. Is dit wat Freud zegt over angst en verlangen die je onderbewustzijn drijven? De overwinning van de advocaat komt overeen met een wens en verlangen, de bescherming van de psycholoog wordt gedreven door angst? Geschrokken word ik wakker en kijk naar de wekker op mijn smartphone: 2 uur 20, alweer. Asjeblieft, niet nog een halve, korte nacht in godsnaam. Zijn al mijn nachten binnenkort zo kort als mijn telefoongesprekken met god, slechts 20 minuten slaap, elke nacht. Waar zijn godverdomme mijn slaappillen?! In het nachtkastje?! In mijn rugzak, na mijn reis naar Nederland?! In paniek graaf ik mijn nachtkastje uit? Geen spoor van mijn slaappillen. In mijn rugzak dan?! Maar ook daar kan ik ze niet vinden. Ondanks de aanvankelijke paniek kan ik weer in slaap vallen met behulp van een meditatieve oefening die door mijn psycholoog is aanbevolen. Mijn droom gaat verder! Even later zit ik bij mijn psycholoog. Ze heeft nu een Pools accent, is ze familie van Jancko? Onrustig en atypisch voor haar, speelt ze met haar mobiele telefoon. Wat is er met haar en haar verbod van telefoons in de behandelkamer gebeurd? Na 20 minuten stilte en 20 verbrandde Bitcoins aan behandelingskosten, kijkt ze me aan en vraagt:

'Wat heeft u de afgelopen drie maanden eigenlijk gedaan, meneer Holland?'

Eindelijk de eerste vraag en in ieder geval kent ze mijn naam als patiënt nog. Ik denk kort na:
'Veel werk.'
Weer 20 minuten stilte en weer 20 Bitcoins verspeeld. Het is een rare psychologiepraktijk waar ik vandaag in terecht ben gekomen. Vol met Poolse medewerkers, allemaal spreken ze vloeiend Pools en rennen de behandelkamer in en uit.
'Ja en?!', vraagt ze ongeduldig nadat de tweede 20 minuten voorbij zijn.
'Pardon?!', volgt een ietwat verbaasde reactie van mijn kant.
'U heeft nu het antwoord op u vragen, nietwaar?'
Ik overweeg een paar seconden lang.
'Verdomme, u heeft gelijk!', realiseer ik me.
Plots heb ik het licht der dingen gezien. Ik heb alleen maar drie maanden gewerkt, verder niets, dat is de clou hier. Drie zinnen en mijn psychologiesessie zit erop, 120 Bitcoins verbrand, inclusief btw volgens de wettelijke tarieftabel. Is het zo gemakkelijk om als psycholoog zoveel geld te verdienen? Ik tel snel het jaarlijkse Euro salaris bij elkaar op. Laat mij maar psycholoog worden, hier en nu. In de achtergrond is er nog een kort gesprek gaande tussen de psycholoog en haar man,

in de receptie van de praktijk. Ze zijn het niet eens met mijn slaappillen en antidepressiva. Ze schrijven me samen een nieuw medicijn voor, gemaakt in Polen door Jancko. Ze glimlachen vrolijk, ze komen over als een goed team en gelukkig getrouwd stel. Voor de tweede keer schrik ik wakker deze nacht. Deze keer om 06 uur 20. Mijn eerste nacht in lange tijd zonder slaappil, maar wat een wilde droom was dat!

De volgende dag ga ik terug naar Duitsland. Ajax speelde met 3-3 gelijk in een sensationeel duel tegen Bayern-München. Tweemaal vanuit een achterstand gelijk gemaakt. Ze hebben zich gekwalificeerd voor de knock-outfase van de Champions League, voor het eerst in de afgelopen 20 jaar of zo. Deze jonge, getalenteerde Ajax-ploeg is veerkrachtig. Is Dieter dat ook? Vraag ik mezelf af. De Ajax aandelen stijgen vandaag. Op het BNR-nieuwskanaal is een interview met een bekende Nederlandse actrice. Parttime is ze ook boek auteur. Ze vertelt waar ze haar motivatie en energie vandaan haalt. Ik krijg een brok in mijn keel als ze het heeft over een film waarin ze een moeder speelt die haar kind verliest. Onbedoeld denk ik aan de menselijke band met mijn dochter.

Ze legt uit hoe ze zich empathisch voorbereidt op deze rol. Op dit moment ben ik te emotioneel om bewuste beslissingen te nemen. Maar ik moet echt door op de ingeslagen weg en boek auteur worden, net als zij! Er komen hier zoveel verbindingen bij elkaar, als puzzelstukjes die automatisch op hun plaats vallen. Het maakt niet uit hoe het voorspellingsspel eindigt tussen de tegenstanders en aanhangers van mijn fantasie om boek auteur te worden. Met de Bundesliga tips heeft Dieter soms ook ongelijk.

Voor de 20ste keer probeer ik mijn contactpersoon bij de belastingdienst te bereiken. Wederom zijn ze afwezig en niet bereikbaar vanwege een 'ambtelijke dienstreis'. Het magische getal 20 werkt nog niet, maar het zal uiteindelijk gaan werken voor mij. Hoeveel zakelijke bijeenkomsten heeft dat verdomde belastingkantoor wel niet in slechts een paar weken? Dit maakt mijn kwestie van dubbele belastingheffing onoplosbaar. We moeten hier alternatieve routes bewandelen. Gewoon proberen te ontsnappen naar een toekomst als boek auteur lost mijn problemen ook niet op. Met mijn neus word ik weer op de harde realiteit en naakte feiten gedrukt. Mijn toekomst ziet er donker uit, zo donker als de wolken. Mijn verliezen zijn hard, net als de landing!

Dit zijn echte verliezen die Dieter lijdt. Baan, ego, relatie, huis, alles glijdt weg in een Nirvana. De lucht is vol donkere wolken. Een paar maanden geleden leerde mijn dochter me de filosofie van het minimalisme en stuurde ze gerelateerde videodocumentaires door. Deze filosofie spreekt mij aan. Het is het tegenovergestelde van materialisme. Materialisme kan ook verslavend zijn, bijvoorbeeld winkelverslaving. Altijd op zoek naar herhalende kick effecten met dopamine zoals bij alcoholgebruik. Een 'Shopaholic' wil steeds vaker dingen kopen om de gevoelens van geluk veroorzaakt door dopamine te stimuleren. In het minimalisme daarentegen, zou men bewust afstand moeten nemen van veel dingen en bezittingen die geen of weinig waarde voor ons hebben. Onder minimalisme kunt je echter financieel investeren in dingen of bezittingen die zeer waardevol voor je zijn. Maar het gaat ook om het terugbrengen van de CO_2-emissie die je op aarde achterlaat. Zoals blijkt uit 'Heatmaps', gebruiken veel mensen slechts 20 procent van hun huis regelmatig. Andere delen van het huis bezoeken ze misschien alleen tijdens het schoonmaken. Dit leidt vervolgens tot de levensfilosofie van de 'Tiny Houses' met een klimaat neutrale CO2-footprint. Het opgeven van nutteloze consumptiegoederen en bezittingen leidt tot meer levensgeluk, onder het motto: minder bezit, meer vrijheid. Minder is meer. Het concept kan ook betrekking hebben op een verandering van baan. Meestal met minder focus op geld en status. In ruil daarvoor streven naar meer plezier, geluk, voldoening en zingeving in het werk.

En toch bieden al deze verliezen, zelfs als ze waar en reëel zijn, mij een blanco vel papier, een nieuwe start. De uitgesproken kans om een nieuw leven vorm te geven, gebaseerd op de filosofie van het minimalisme. Misschien een kleiner huis, zonder of met een kleine tuin. Mijn auto inruilen voor een e-bike en fysiek meer bewegen. Een baan die beter past bij mijn innerlijke drijfveren, los van wat het financieel kan opleveren. Dit is precies het licht aan de horizon dat wordt gereflecteerd onder deze donkere wolken. Maar dit is gemakkelijker gezegd dan gedaan. Mijn voelende ziel en mijn denkende geest wijzen hier in verschillende richtingen.

Met veel fantasie kun je lang vluchten om aan de waarheid te ontsnappen. Maar op een gegeven moment zal de waarheid de fantasieën in je hoofd achterhalen. Dit is allemaal echt gebeurd en was niet alleen de verbeelding van de geest. Dan staan de harde feiten je fantasie en dromen in de weg. Momenteel heb ik een geldige arbeidsovereenkomst met Tyson. Ze hebben min of meer aangekondigd dat we uit elkaar gaan. Met mijn vrouw lig ik in scheiding. Ons huis staat op het punt verkocht te worden. Ik ben met ziekteverlof en mogelijk acuut depressief. De waarheid is moeilijk te accepteren en hard. Hoe gaat dit verder? Donkere wolken trekken op aan de horizon. Het ziet een beetje zwart voor mijn ogen en niet alleen voor mijn ogen. Was het licht aan de horizon maar grijpbaar!

De Advocaat

Het heen en weer pendelen, tussen Essen-Kettwig en Leimuiden of Amsterdam, heeft veel tijd gekost. Tyson heeft zijn Nederlandse vestiging in Amsterdam. In de afgelopen 20 jaar heb ik deze route meer dan 2.000 keer gereden. Ik ken elke kleine bocht uit mijn hoofd. Gelukkig zijn de meeste snelheidscontroles mij inmiddels wel bekend. Na veel leergeld in de vorm van boetes voor snelheidsovertredingen, begon het leereffect te werken. Kun je eigenlijk bezwaar maken bij de rechtbank tegen snelheidsovertredingen? Deze week ga ik terug naar Nederland voor een vervolggesprek met mijn advocaat. We bereiden de aankomende afspraak met Tyson voor. In die afspraak zal een informatieve uitwisseling en verduidelijking van standpunten plaats vinden. De ontmoeting is met Heinz, mijn baas, en de CEO van Tyson. Voor december is het erg warm, het weer is van slag. Maakt de zomer weer een comeback? Wel lekker om nog een paar zonnestralen op te vangen na de regen en duisternis van vorige week. Is er nog leven nadat mijn ego gestorven is en is het vandaag de dag van die tastbare streep licht aan de horizon?

Hij ziet er jonger uit dan ik me had voorgesteld, Pieter, mijn advocaat. Langer, donker krullend haar. Hij is gespecialiseerd in arbeidsrecht. Marjolein is er ook weer, ze is werkstudent en maakt de aantekeningen. Ze heeft goede luistervaardigheden en een hoog inlevingsvermogen. Pieter heeft een groter empathisch vermogen dan ik normaal gesproken zou verwachten bij een advocaat. Jura is zo droog en mechanisch. Hij is een energieke persoonlijkheid, die nog steeds zichtbaar plezier heeft in zijn werk. We nemen eerst de feiten van onze voorgaande sessies door om mijn situatie samen te vatten en te bevestigen. Vandaag werken we de juridische strategie en aanpak uit. Pieter heeft zijn juridische aanpak voor mijn toekomst zojuist geschetst.

'Dus ter bevestiging: ze kunnen mijn eigen werk en verantwoordelijkheden niet zomaar wegnemen zonder mijn uitdrukkelijke toestemming en acceptatie. Ze kunnen mijn werkdomein en de daarbij behorende taken niet zomaar per decreet overdragen aan Jan Fris.'

'Dit is precies hoe het werkt volgens het Nederlandse arbeidsrecht, Dieter,' bevestigt Pieter mijn juridische begrip.

Dit is misschien anders dan onder het Duitse arbeidsrecht, waar men zich gewoon moet houden aan de verantwoordelijkheden en taken die door de werkgever worden opgedragen, zolang de werkgever je loon doorbetaalt.

'Ze kunnen je een passende alternatieve functie aanbieden, maar die moet je ook accepteren. Daarvoor moeten ze expliciet je toestemming ontvangen. Ze kunnen je niet zomaar in een nieuwe positie dwingen,' vult Pieter aan.

'En de voorgestelde beëindigingsovereenkomst reflecteert niet de 20 dienstjaren die je bij Tyson hebt gewerkt. Bovendien heb je tot wederzijdse tevredenheid werk geleverd, volgens de gedocumenteerde, jaarlijkse beoordelingen. Er moet nog veel water door de Rijn stromen, voordat je de beëindigingsovereenkomst kan ondertekenen.'

Het is waar wat hij zegt. Tot het plotselinge telefoongesprek met god was ik erg blij met Tyson als werkgever. We hebben gezamenlijk veel successen geboekt en gevierd. Pieter heeft een duidelijk beeld van mijn juridische positie geschetst in éénvoudige, begrijpelijke bewoordingen. Dit maakt mijn juridische positie helder en duidelijk. Hopelijk kan ik dit ook zo duidelijk uitleggen in het informatieve en verhelderende gesprek met Heinz, gepland voor volgende week.

Je betaalt advocaten een stevige 2 Bitcoins voor elke 20 minuten. Maar daar krijg je ook wat voor, in ieder geval bij Pieter.

'Hartelijk dank jullie twee: Marjolein en Pieter.'

'En als er iets onverwachts of onbegrijpelijks gebeurt tijdens de vergadering, bel me dan gewoon en teken onder geen enkele omstandigheid!', vult Pieter aan als bindend advies.

Voor dit soort zaken is hij een zichtbaar ervaren en geoefend advocaat.

Na dit gesprek voel ik me beter en sterker. Deze gunstige beoordeling van mijn juridische situatie duidt erop dat een euforische overwinning binnen handbereik ligt. Dat voelt goed, duidelijk een kleine stap voorwaarts. Laten we dan maar tegelijkertijd in deze euforische opwelling de kwestie van de dubbele belastingheffing aanpakken. In mijn telefoonboek zoek ik onder 'Tax_Office_Mrs_D' naar haar nummer en druk de beltoets.

'Mevrouw Deppert hier, belastingkantoor Essen?'

In één keer aan de lijn, vandaag is waarschijnlijk mijn geluksdag. Mijn euforische stemming groeit verder.

'Goedemorgen, meneer Holland hier.'

'Meneer Holland, wat kan ik voor u doen?', vraagt ze behulpzaam, maar haar stem verbergt eerder onweer dan een oprecht ondersteunende houding.

'Uw belastingnummer alstublieft?'

Aha, daar gaan we weer, 'dezelfde procedure zoals elk jaar'. Dat doet me denken aan de ober uit 'Dinner for One', een traditioneel oud en nieuw filmpje. De ober moet zijn zelf ingeschonken alcoholische dranken herhaaldelijk serveren en drinken totdat hij letterlijk omvalt. Ik parkeer mijn auto, zoek het belastingnummer op en lees het hardop voor.

'Ja, ik wilde u vragen, zijn er geen andere Nederlandse belastingbetalers die in dezelfde positie verkeren als ik? En welk document verstrekken zij om de aftrekbaarheid van de Nederlandse bronbelasting te waarborgen?'

Ik kan niet de enige zijn in deze positie, lijkt mij.

'Meneer Holland, ik kan geen informatie geven over dergelijke gevallen en uw individuele situatie is met zekerheid uniek. Meneer Holland, verhuis

toch gewoon naar uw geliefde Turkije en val mij niet lastig met dit soort vragen!'
Vandaag barst ze meteen uit haar vel.
Blijkbaar heeft ze vandaag haar periode. Hou je nu maar liever in, anders beland je op een dag nog in de gevangenis. Geen slimme oneliners meer. Mevrouw Deppert is ook maar een mens en geen bureaucratische machine. Desondanks handelt ze altijd als een formeel opererende belastingambtenaar, die de belastingwetten op de letter volgt. Ook zij heeft emoties en hormonen, zoals we vandaag hebben gezien. We breken ons telefoongesprek weer af, veel korter dan 20 minuten dit keer. Het gaat tussen ons niet werken, nu niet en in de toekomst ook niet. Misschien moet Pieter haar bellen. Maar belastingrecht is een heel ander hoofdstuk dan het arbeidsrecht, vooral in Duitsland.

Gerechtigheid en wraak liggen dicht bij elkaar, beide kunnen worden gevoed door dezelfde gebeurtenissen. Wat zegt mijn diepe innerlijk zelf? Wil ik gerechtigheid of wraak? Of is het informatieve en verhelderende gesprek met Heinz voldoende? Een langer persoonlijk telefoontje? Mijn eerste drijfveer ligt duidelijk in de

onrechtvaardigheid van de beslissing van onze Chief Executive Officer, Heinz. Wraak, verdriet of de wil om te winnen worden in de tweede plaats gedreven door dit waargenomen onrecht, dat mijn voornaamste drijfveer is. Is het wel echt onrechtvaardig? Misschien moreel, maar ook juridisch? Dat is precies waarvoor je een advocaat als Pieter nodig hebt. Mijn oordelen vol emoties zijn niet objectief en feitelijk. Mijn huisarts had weer gelijk:
'Zoek een advocaat, meneer Holland, die heeft u hard nodig '.

Advocaten worden vooral gedreven door overwinning en succes. Zij zullen de feiten grondig en snel verzamelen met de wet en jurisprudentie als referentie. De advocaat beoordeelt wat de kansen zijn op een gerechtelijke overwinning? Uiteraard wordt ook de menselijke drijfveer verkend, maar veeleer als motivatie om de feiten voor de rechtbank te onderbouwen. Gerechtigheid speelt soms ook een belangrijke rol bij de motivatie van advocaten. Maar de meeste van deze advocaten, die worden gedreven door gerechtigheid, zullen de weg inslaan om rechter te worden. Ze willen goed of fout oordelen, schuldig of niet. De neiging om empathische menselijke verbindingen met cliënten te ontwikkelen, komt minder vaak voor bij advocaten. Dat zou de feitelijke beoordeling kunnen aantasten en de overwinning in de rechtbank op het spel kunnen zetten. Waar halen ze hun intermenselijke energie dan vandaan? Heeft iedereen dat niet nodig? Of leven ze van het dopamine effect van hun juridische overwinningen. Leidt dit ook tot een mogelijke verslaving? De verslaving aan steeds grotere successen in de rechtbank?

Waarheid, illusie en waanvoorstelling zijn moeilijk vast te stellen voor een advocaat. Zeker als het gaat om de waarheid in het hoofd van de klant. Daarom werken advocaten vaak samen met psychologen om mogelijke patronen van psychische aandoeningen vast te stellen. Vervolgens kunnen ze met succes pleiten voor een beperkte aansprakelijkheid voor het gedrag van hun cliënt. De hoofdpersoon in de film Twilight is een goed voorbeeld. In koelen bloede ligt hij en imiteert perfect zijn schizofrene psychische aandoening. Totdat het oordeel van zijn psycholoog is vastgesteld, demonstreert hij feilloos het gedrag van een schizofrene patiënt. De psycholoog trapt erin en komt er pas achter na de uitspraak van de rechter. De beklaagde wordt niet veroordeeld tot gevangenisstraf voor moord, maar veroordeeld tot medische behandeling. In het geval van Oscar Pistorius moest de rechter ook op basis van psychologische diagnoses beslissen of het moord of dood door schuld was. Dood door schuld was het aanvankelijke vonnis. Maar na het succesvolle hoger beroep van de aanklager werd Pistorius in tweede aanleg veroordeeld voor moord. De valkuil in het systeem hier is dat de psychologen die de beklaagden diagnosticeren, altijd het belang van hun advocaat dienen, met als doel hun punt te bewijzen. De verdedigende advocaten willen minder straf of helemaal geen veroordeling. De aanklagende partij streeft altijd naar hogere en meer straf, een zwaardere veroordeling. Hiermee hebben de psychologen de neiging hun onafhankelijkheid te verliezen, die absoluut noodzakelijk is om de waarheid in het hoofd van de vermeende dader vast te stellen. Voor advocaten is de waarheid, de waarheid en niets anders dan de waarheid, samengesteld uit aantoonbare feiten. Voor psychologen is de waarheid de illusie of waanvoorstelling in de geest van de beklaagde. De perceptie in de geest van een beklaagde weerspiegelt echter nooit volledig de waarheid. Huisartsen, psychologen en advocaten, ze maken allemaal een professionele en bekwame indruk op mij, alleen op basis van verschillende eisen. Ze zijn allemaal goed in hun werk, maar ze zijn simpelweg anders. Niet beter of slechter, gewoon anders. We kunnen hier beter nalaten om te oordelen over goed of kwaad, en dat aan God overlaten. Toch wil iedereen een goede huisarts, arts, advocaat en psycholoog. Hoe doe je dit zonder over ze te oordelen?

De Mecanicien

Ik rijd vandaag wat relaxter dan drie maanden geleden. De Trimipramine druppels hebben hun werking na twee en een halve maand gehad. Hoewel het gepeins om mijn nieuwe wereld uit te vinden en de oude te verwerken, nog steeds overheersen. Mijn slaap is sterk verbeterd en er is wat innerlijke rust teruggekeerd. Kort voor het Taunus gebergte, op weg naar het informatieve en verhelderende gesprek met Heinz, op de bovenste verdieping van de Messeturm in Frankfurt am Main, vraag ik me af wat zakelijke leiders zoals Heinz motiveert. Wat drijft onze leidende goden op aarde aan? Hoe gaan ze om met menselijke verbindingen? Leiden ze allemaal zo mechanisch als Heinz, met ijzeren vuist? Heinz is eigenlijk een pure mecanicien, die puur oordeelt op basis van analytisch bepaalde bedrijfsresultaten met een droge en rationele aanpak. Puur zakelijk gericht, zonder zichtbaar rekening te houden met menselijke verbindingen. Hoe zit het met andere bekende wereldleiders?

Daar is bijvoorbeeld mijn geliefde president uit Turkije, Recep Erdogan. Een voorbeeld dat veel ontvlambare discussies voedt. Erdogan werd onder armere omstandigheden in Istanbul geboren en bracht het grootste deel van zijn jeugd door in Rize, een plaats aan de kust van de Zwarte Zee. Hij nam in zijn jeugd en tijdens zijn opleiding fundamentalistische, islamitische en conservatieve politieke opvattingen over. In 1994 werd hij verrassend burgemeester van Istanbul en wint aan populariteit omdat hij veel infrastructurele problemen in Istanbul op pragmatische wijze met gezond verstand oplost. Politiek gezien is hij lid van de fundamentalistische Welzijnspartij die in 1998 als niet-constitutioneel wordt verboden vanwege opvattingen die het secularisme in gevaar brachten. Vervolgens richtte hij in 2001 de gematigd conservatieve AKP op, die een breder publiek aanspreekt en niet strikt islamitisch is. De AKP boekt, buiten de lokale verkiezingen in 2019, successen en Erdogan is de huidige president van Turkije. Onder zijn politieke leiding worden nog steeds grote infrastructuurprojecten in Turkije met succes opgeleverd. Tijdens deze lange periode van zijn politieke leiderschap worden echter massale aantijgingen van corruptie en inperking van de persvrijheid tegen hem geuit. Belangrijk is ook zijn vertrouwenscrisis met Gülen en het verbreken van hun relatie. Vóór deze breuk deelden ze dezelfde politieke opvattingen en trokken ze gezamenlijk op. In 2016 slaat Erdogan een poging tot een staatsgreep met ijzeren vuist neer. Vermeend was de staatsgreep het initiatief van de Gülen-beweging. Waar het begin van zijn politieke leiderschap werd gekenmerkt door pragmatische infrastructurele verbeteringen, wordt zijn politieke leiderschap met de tijd gekenmerkt door steeds meer wantrouwen tegenover andere vooraanstaande politici, het leger en de gerechtelijke machten. Met enige neiging tot paranoia.

Poetin lijkt niet gedreven te worden door wantrouwen of angst, maar neigt ook naar paranoia. Net als Erdogan komt hij ook vanuit een bescheiden achtergrond. Poetin groeide op in Leningrad, Sint-Petersburg en leerde zijn politieke leiderschapsstijl in het Russische veiligheidssysteem, voornamelijk tijdens zijn 16 dienstjaren bij de KGB en later de FSB. Daar verwierf hij de vaardigheden die zijn ego vormden. Hij leerde zijn ego hoe informatie en vooral angst, vertrouwen en emoties te gebruiken om invloed en macht te verwerven. Het strategisch en psychologisch denken uit de judowereld hielpen de judoka met zwarte band natuurlijk ook. De ideale persoonlijke kenmerken voor de rol van permanente, eeuwige president. Waarom wilde hij bondskanselier Merkel intimideren met deze grote zwarte Labrador? Hij heeft in ieder geval veel macht en invloed verworven, bijvoorbeeld in het Midden-Oosten. Poetin heeft een buitengewoon sterk ontwikkeld en bekwaam ego. Hij beheerst het spel bijna tot in de perfectie, als geen ander. Zou zijn ego ook kunnen crashen? En wie heeft de macht om hem te laten vallen? God? Of een volksopstand van de Russische burgers? Net als Heinz regeert hij met ijzeren vuist. Hij kan op een menselijke manier verbinding maken met zijn naaste vertrouwelingen, waarbij het onvoorwaardelijke, wederzijdse vertrouwen centraal staat. Deze menselijke connecties worden echter niet gedreven door de liefde voor de ander, maar berusten op angst en vergelding. Als je niet meewerkt aan zijn strategie en zijn vertrouwen schendt, zullen je ego en meer stap voor stap vernietigd worden.

Trump heeft een andere achtergrond. Geboren is Trump in New York City, waar zijn vader een onroerend goed imperium bouwde. Niet van bescheiden kom af, om het zo te zeggen. Hij komt van de typisch Amerikaanse school waar prestaties en zakelijk succes tellen. Trump studeerde economie aan de Universiteit van Pennsylvania. Jawel, met een geldig, authentiek, onvervalst diploma van zijn universitaire studie. Hij lijkt vooral gedreven te worden door de complexiteit en jungle van bureaucratische regels die politici in de loop der jaren hebben uitgevonden. Hij kreeg hiermee te maken nadat hij het onroerend goed imperium van zijn vader had overgenomen. Vanuit zijn standpunt belemmert deze bureaucratie de economische groei en de progressie van ons welzijn. Net als bij zakelijke deals, moeten regels en wetten begrijpelijk, uitlegbaar, hanteerbaar en eerlijk zijn alsook kort en krachtig. Misschien heeft Trump soms gelijk, maar zijn manier om dit te communiceren in korte Twitter berichten met drie, maximaal vier zinnen, drijft de wereld uit elkaar en polariseert. Hij schiet degenen aan de andere kant van zijn zakelijke deal naar de maan en sluit ze af van zichzelf en de VS. Hij heeft geen begrip voor de houding of positie van degene aan de andere kant van de tafel, hetzij voor het gebruik in onderhandelingstactieken. Hij is om het zo te zeggen, vrij van menselijke empathie. Deze benadering is mogelijk bij een puur objectieve beoordeling als deze is gebaseerd op ware feiten. Over de uitspraken van Trump is er echter veel discussie, waar of niet waar? Hij verkondigt zijn oordelen als een Twitter god die onderhandelt, de wereld splitst en diepe kloven slaat die nauwelijks te overbruggen zijn. Bovendien is het succes van onze wereld niet alleen af te meten aan de ontwikkeling van de beursindexen. De energie van authentieke menselijke verbindingen kan vanuit dit perspectief niet worden gemeten. Misschien moet Trump zijn dashboard uitbreiden. Van alle goden is hij waarschijnlijk het minst in staat om authentieke, menselijke verbindingen aan te gaan. Hij neemt aan en ontslaat zijn mensen met Twitter gedonder. Wederzijds vertrouwen of niet, dat maakt hem niet uit. Als je optreden niet tot het gewenste resultaat leidt, ben je klaar, en wordt je ego vernietigd, aangekondigd in één zin via een wereldwijd Twitter bericht. Trump is de mecanicien puur sang, de VS-machine moet simpelweg steeds beter lopen. Elke Amerikaan zou dit overkoepelende doel moeten dienen zonder verdere navraag.

Angela Merkel heeft de unieke vaardigheid om verbindingen te maken op menselijk niveau met tegelijkertijd een puur, feitelijk beoordelingsvermogen dat ze gebruikt om richting te geven aan de weg die we moeten inslaan. Ze groeide op achter de muur in Oost-Duitsland en komt net zoals Erdogan en Putin van een bescheiden achtergrond. Dat ze afstudeerde aan de Universiteit in Quantum Chemistry toont haar analytische talent. Na haar eerste verkiezingsoverwinning voor bondskanselier in 2005 volgen nog drie verkiezingsoverwinningen en binnenkort zal ze haar vierde, democratisch gekozen termijn als bondskanselier hebben voltooid. Het moet gezegd worden dat ze meestal, maar niet altijd gelijk heeft. Haar beoordeling van de vluchtelingencrisis:
'Wir Schaffen Das,' was zeer controversieel.
Maar ze lijkt oprecht te worden gedreven door een weg naar een betere wereld en niet door de behoefte naar macht of om in de schijnwerpers te staan. Ze is bescheiden, maar haar invloed, vooral in Europa, is leidend en een maatstaf voor andere

toekomstige politici. Helaas vertoont ze tekenen van gezondheidsproblemen. Gaan de menselijke verbindingen en emoties dieper dan je van buitenaf ziet? Of is dat het lange termijneffect van tegenstanders als Putin en Co?
Ze behoort niet tot deze wereld van goddelijke mechanica. In dit rijk van wereldleiders is zij de menselijke en competente godin tegelijkertijd, een rolmodel voor toekomstige wereldleiders. Hoewel niet vrij van fouten, maar dat is niemand op deze wereld. Ze blijft mijn favoriete bondskanselier. Zowel mijn moeder als ik staan met hart en ziel achter Angie. Niet dat het iets uitmaakt, maar toch. Het is respectloos hoe velen haar behandelen. Ze is onze gezamenlijk heldin in een wereld die in veel landen wordt geregeerd door mannelijke macho ego's.

Net als Heinz komen de mannelijke wereldleiders allemaal behoorlijk mechanisch en hoekig over. Ze hebben scherpe randjes. Het is echt een stel droge mecaniciens. Aan de andere kant lijkt Angie sympathieker en ronder, niet alleen haar vrouwelijke figuur maar vooral haar karakter. De tijd gaat snel als men filosofeert over de leiderschapsstijl van politici op het wereldtoneel.

Ik sta inmiddels al in de parkeergarage van de Messeturm. Mijn ontmoeting met Heinz begint over een kwartier. Mijn trieste realiteit komt weer boven en vochtplekken verspreiden zich onder mijn oksels. Dieter heeft helemaal geen zin om dit gesprek te voeren. Zoals het Nederlandse spreekwoord zegt: met lood in mijn schoenen.

God de mecanicien ziet er vandaag niet authentiek uit. Misschien heeft Heinz wel medelijden, vanwege de problemen die hij Dieter heeft bezorgd. Maar vandaag mag hij deze rol van sympathie of empathie niet accepteren. Hij moet het machtsspel van Tyson meespelen in het belang van zijn werkgever. Ook een soort rol als god, maar met een andere stijl, net als de Griekse goden. Weinig empathie en goede zakelijke beslissingen! Waarschijnlijk heeft hij zijn oordeel al bepaald, dat hij zo meteen gaat vellen. Niet alleen Heinz zal aanwezig zijn. Verrassend genoeg zijn ook zijn twee bestuur maatjes uitgenodigd voor dit informatieve en verhelderende gesprek, een behoorlijk zware delegatie. Om hun echte namen buiten spel te laten: Judas, de Chief Legal Counsel van Tyson en Petrus, die operationeel verantwoordelijk is voor de stofzuigerdivisie, zogezegd onze Chief

Operating Officer. Dus zit een drietal tegenover Dieter: Judas, Petrus en God. Dit gaat uiteraard over meer dan alleen een informatief en verhelderend gesprek met Heinz. Vormen ze met hun trio een meerderheid? Moet er een democratisch besluit worden genomen? Kunnen ze dan met een meerderheid meer druk uitoefenen? Petrus, de COO, bekijkt me bedachtzaam, berekent hij zijn kansen? Hij is statisticus van opleiding, cum laude afgestudeerd en kan de kansen goed inschatten. Onze Chief Legal Counsel is klein, mollig met een bril en kaal. Hij lijkt een beetje op John Bellushi in termen van zijn postuur, alleen dan met het uiterlijk van zijn Noord-Europese spiegelbeeld. Heinz, als een god in het midden, omdat hij de absolute macht en een onbeperkt mandaat heeft. Dat laat hij ook graag zien en oefent zijn zeggenschap vaak uit. Heeft hij zelf ook gevoelens en emoties? Hij ziet er zo droog en extreem berekenend uit. God Heinz is daadwerkelijk een mechanische god. Of is hij helemaal geen mechanische god en eigenlijk een doodgewone mecanicien?

'Hallo Dieter, zullen we dan maar beginnen?' opent Heinz het gesprek.

Misschien had ik mijn advocaat Pieter toch moeten uitnodigen, dan is het slechts twee tegen drie. Eigenlijk is de driekoppige meerderheid iets onverwachts en moet ik Pieter nu bellen, zoals hij me heeft geïnstrueerd. Laten we eerst maar eens kijken hoe het gesprek zich ontvouwt.

'Ja prima.'

'Heb je nog vragen voordat we overgaan tot de vaststellingsovereenkomst?'

'Ja, die heb ik. Waarom hebben jullie besloten mijn baan over te dragen aan Jan Fris?'

Ze zouden deze eerste vraag gemakkelijk moeten kunnen beantwoorden. Weet Jan Fris veel meer over stofzuigers? Is het gewoon omdat hij jonger en energieker is? Gaat het om het verlagen van de kosten? Een ijzige radiostilte volgt.

'Helaas kunnen we deze vraag niet beantwoorden Dieter.'

'Je gaf aan dat je mij zou overwegen voor een alternatieve managementrol, op het gebied van stofzuiger Reparatie en Onderhoud?'

Een nieuwe poging om mijn situatie te verduidelijken.

'Niet dat ik weet, voor zover ik me kan herinneren.'

Heinz antwoordt statisch zonder enige emotie.

'To the Best of my Recollection': voorzover ik me kan herinneren, was het standaard, herhaalde antwoord in de getuigenis van Jeffrey Skilling tijdens de hoorzittingen van de Amerikaanse rechtbank. Jeffrey Skilling was een bestuurslid bij Enron. Het bedrijf ging kort na de eeuwwisseling failliet door ongedekte derivaten op de energiemarkt. Wat zo'n antwoord meestal impliceert is dat ze precies weten wat het antwoord is, maar de informatie niet willen delen en zich verschuilen achter een slecht geheugen.

'Echt Heinz, je zei dat ook nog tijdens ons telefoontje. Het zou volgens jou niet makkelijk zijn vanwege mijn koppigheid!'

Tevergeefs, nog een poging om zijn herinneringen aan ons telefoontje op te frissen.

'Voor zover ik me kan herinneren, heb ik zoiets niet gezegd.'

Nogmaals, een zinloos Jeffrey Skilling antwoord. Hij ontkent het botweg zonder mitsen of maren, god lijdt aan selectief geheugenverlies. Net zoals de bestuurders tijdens de hoorzittingen van de ondergang van Enron en Arthur Anderson, die leden ook aan collectief geheugenverlies.

'Waarom heb je me ingeruild voor een twintig jaar jongere collega? Wat is hier de sociale grondgedachte?'

Mijn vragen worden directer, omdat ik op verlies sta hier.

'Die vraag kunnen we helaas niet beantwoorden Dieter.'

Zitten we hier in de herhaling?

'Ben ik te ervaren of te oud? We hebben dringend grijze haren en ervaring nodig in ons Tyson leiderschapsteam?'

Ik voel me steeds hulpelozer.

Opnieuw een ijzige radiostilte. Mijn vragen blijven vandaag onbeantwoord. Het is mij duidelijk dat mijn tijdperk bij Tyson hier ten einde loopt, na 20 jaar trouwe en loyale dienst. Met veel open en onbeantwoorde vragen. Woede en boosheid bekruipen me weer, gevoed door het waargenomen onrecht.

'Hoe zit het met onze Tyson bedrijfscultuur? Transparantie en eerlijkheid te allen tijde?'

'Het spijt me vreselijk Dieter, we hebben dit besluit genomen, "a business decision" en kunnen je vragen niet beantwoorden.'

'Weet je dat zeker?'

Een hernieuwde poging, met een stem die trilt van woede. Weer een nauwelijks merkbaar hoofdknikken: nee. Heinz lijkt me nu echt de god van de hypocrisie, wat een k.......
'En mijn 56 jaar vergeleken met 36 jaar voor Jan Fris, speelt dat ook geen rol?!'
Wederom, een meer directe vraag van iemand die zich steeds hulpelozer voelt.
Mijn stem trilt van de onderdrukte woede die ongewild in me opkomt. Ik druip van het zweet. Dit is waarschijnlijk wat ze angstzweet noemen. Deze god van de hypocrisie heeft nu elk laatste schijntje van authenticiteit verloren.
'Was ik te duur?!', barst ik in volle beschuldigende woede uit.
God knikt weer nee. Geen antwoorden op mijn vragen, ze blijven allemaal onbeantwoord. De antwoorden kunnen inderdaad problemen opleveren voor het management van Tyson in de ondernemingsraad of vanuit het oogpunt van sociale rechtvaardigheid. Daarom blijft de waarheid verborgen in gods hoofd. Kan hij omgaan met zijn eigen hypocrisie en nee blijven schudden. De zweetdruppels rollen over mijn voorhoofd. God's voorhoofd is kurkdroog. Het is duidelijk dat hij veel vertrouwen heeft in zijn zaak,

hij is een zeer getrainde en botte leugenaar. Een aangeleerd gedrag van zijn ego?

'Vijf jaar geleden was ik nog de Tyson Sales Champion van het jaar.'

'Philipp Lahm was vijf jaar geleden ook wereldkampioen, maar nu niet meer,' verzet Judas zich tegen mijn argumenten en geeft ze de doodsteek.

'Vorig jaar groeide onze omzet in Nederland met meer dan het gemiddelde van de markt!'

Een laatste redmiddel, om wat tegendruk uit te oefenen.

'En ik heb Tyson in Nederland gepositioneerd als marktleider!'

Nog één keer met volle kracht vooruit.

'Klopt niet, de markt is veel sneller gegroeid dan je denkt Dieter.'

Petrus, de geleerde statisticus, snijdt me weer de pas af. Hij kan rekenen met de snelheid van het licht, de cum laude statisticus. De bestuur maatjes van Heinz beginnen zich te bemoeien, mengen zich in en nemen het roer over. Dieters argumenten raken op. Eigenlijk had ik niet zoveel vragen. Niet goed genoeg voorbereid? Maar ze zijn met z'n drieën, dus het is gemakkelijk om de meeste argumenten op tafel te leggen. Petrus de statisticus kijkt tevreden, hij vermoedt dat mijn argumenten op zijn. Het wordt doodstil in de vergaderruimte. Mijn voorhoofd is zichtbaar bezweet. Judas schuift de doos met tissues die op tafel staat naar me toe. Is dit een onderhandelingstactiek, omdat hij weet dat ik klaar ben om afgeslacht te worden of is dit daadwerkelijke empathie van een jurist? Ik kijk uit het raam, we zitten op de 20ste verdieping van het Tyson hoofdkantoor in de Messeturm, Frankfurt am Main. Het uitzicht is ver en mooi met het Taunus gebergte in zicht in de verte. Maar in mijn onderbuik speelt geen harmonische muziek. Mijn misselijke onderbuikgevoel wijst op ernstige zorgen en een staat van oorlog. Mijn maag draait zich om. Drie maanden geleden, toen Heinz me belde als donderslag bij heldere hemel, heeft hij me in minder dan 20 minuten van de hand gedaan .... Voor jou, eindigt de weg hier, je bent nogal koppig. Maar wie is dat niet een beetje? En dan haalt god ook nog de steun van Petrus en Judas, zijn bestuur maatjes erbij. Wie wordt hier eigenlijk verraden? Heb je echt drie mensen nodig voor zo'n eenvoudig gesprek? Of word ik hier geïntimideerd? Na 20 sessies met mijn psycholoog, dacht ik dat ze me niet meer gek

zouden kunnen maken. God zit tegenover me als een Europese Boeddha en kijkt me doordringend aan, kijkt hij dwars door me heen alsof ik een transparant ben?
Dan vervolgt Heinz:
'Het spijt me echt van je psychische aandoening.'
Ook niet erg authentiek, eerder mechanisch volgens het voorgeschreven bouwplan.
'Je Tyson stofzuigers hadden een paar defecten, je klanten hebben zich bij mij beklaagd.'
Beschuldigingen worden nu hard gemaakt tegen me. De druk wordt opgevoerd, de donkere vlekken onder mijn oksels blijven groeien.
'Maar ze worden gemaakt door de fabriek in Tübingen, de Schwaben maken geen productiefouten,' verdedig ik mezelf.
'Je had de stofzuigers voor levering moeten testen, dat is jouw eigen verantwoordelijkheid!'
De advocaat grijnst, zeker van de overwinning. Dieter staat al 0-3 achter, gespeeld is slechts 20 minuten, in deze informatieve en verhelderende sessie. Ik veracht deze Judas. Is dit een open gesprek op ooghoogte? Ik mis het advies van mijn psycholoog en haar aanbevelingen schijnen mijlen ver weg.

'Wil je nog iets anders weten?', besluit god zijn deel.
Moet ik mijn vragen herhalen in slow motion tijdloopings?!
Judas neemt het over:
'Zullen we dan tot de vaststellingsovereenkomst overgaan?', stelt hij voor.
Hij zal het oordeel van god verkondigen en uitvoeren. Judas zit met de Bijbel in zijn handen, komt hij met slimme suggesties uit Gods handleiding?
'Dieter: je kunt dit!', stelde mijn psycholoog me tijdens onze laatste sessie gerust.
Had ik ook mijn Petrus en Judas, mijn psycholoog en mijn advocaat moeten uitnodigen. Mijn benen zijn slap, het uitzicht hier op de skyline van Frankfurt is geweldig, maar het kan me nu niet bekoren. De zon schijnt in mijn ogen, hebben ze me bewust aan deze kant van de tafel neergezet, tegenover de zon? Gelukkig komen er donkere wolken van een onweersbui opzetten die de zon bedekken. Er is weer een oorverdovende stilte. Dit is niet het gezellige informatieve gesprek dat ik me had voorgesteld? Wat kon ik hier wel verwachten dan? Zonder een interview gids op te stellen? Een kleine dosis lucht stroomt uit mijn rectum. Oh shit,

als een van het drietal dit ruikt, weten ze dat ik klaar ben voor de slacht. Judas fronst zijn wenkbrauwen, dan grijnst hij, weer onsympathiek, een echte klootzak. Shit, hij heeft het geroken: Dieter staat kort voor de knock-out door Tyson. Ik wil hier weg nu, onmiddellijk!
Judas de advocaat vraagt resoluut:
'Koffie?'
'Ja graag, koffie compleet.'
'Pardon?!', vraagt Judas.
Hij begreep me niet.
'Met melk en suiker,' leg ik uit.
Koffie compleet zegt alleen een Nederlander wat, de Duitsers kennen deze uitdrukking niet.
'Melk is daar, suiker zit hierin.'
Hij opent een oosterse, zwarte, zeer chique suikerdoos. Dit moet Gods suikerpot zijn, zwart glanzend gelakt, bewerkt met authentiek wit marmer. Eindelijk iets authentieks hier in de kamer. Maar de inhoud is ook zwart.
'Nieuwe biologische suiker?' vraag ik nieuwsgierig.
De advocaat verstart voor het eerst een beetje. Dan zie ik een zwarte staart over de rand van de suikerpot uitstijgen. Ik verstijf compleet, een schorpioen?! Zit ik nog in mijn nachtmerrie of ben

ik al in mijn boek beland? Ik word waanzinnig. Word alsjeblieft wakker, eindelijk! Een zwarte schorpioen komt over de tafel naar me toe gekropen. Het is echt een schorpioen. Maar deze keer ben ik helemaal wakker. Tyson vecht met alle middelen. De zweetdruppels breken weer uit op mijn voorhoofd. De advocaat grijnst vanachter zijn vette bril:

'Alles oké? Voel je je niet goed Dieter?!'

Ik voel me ziek.

'Ja, alles is oké. Ik zit in een groene, veilige zone.'

Een mislukte poging om koel te blijven.

Ben ik nog steeds bij mijn jongere zus tijdens mijn zweetuitbarsting of in het boek van mijn nichtje Evita. Nee, dit is hier geen kinderboek. Ik draai mijn smartphone om en kijk naar de foto van mijn dochter en mij op de beschermhoes op de achterkant. Een kijkje in mijn toekomst. Als zij bij me is, kan niets me verslaan. Wij twee zijn sterker dan god, een onverslaanbaar team. De schorpioen draait voor mijn neus heen en weer, van links naar rechts. Langzaam maar zeker komt hij al slalommend dichterbij. Zijn staart trots en rechtop.

'Hier,' zegt God Heinz en biedt me zijn gouden pen aan.

'Graag nu ondertekenen, ik moet naar een belangrijke vervolgafspraak.'
Wederom, ben ik kletsnat van het zweet, net als toen ik bij mijn zus was of zoals bij het tennissen.
Petrus, de statisticus, kijkt ongeduldig:
'We hebben niet veel tijd meer: de aanbieding loopt vandaag af.'
Gaat dit over de verkoop van de laatste Tyson stofzuiger?! Allemaal hopelijk slechts een nare droom! Trillend neem ik de gouden pen in mijn linkerhand, nog steeds aarzelend, maar dan teken ik. Laat me toch asjeblieft wakker worden uit deze nachtmerrie. Dat duurt deze keer echter lang omdat ik vannacht niet in slaap val. Dit moet dan de werkelijkheid zijn. Een koortsachtig gevoel bekruipt me. Trillend teken ik het tweede exemplaar van de vaststellingsovereenkomst die voor me ligt. Mijn waanvoorstellingen nemen buitengewone proporties aan. De advocaat grijnst zo ondraaglijk en vol vertrouwen van zijn overwinning. Hij pakt de suikerpot en de kruimelveger die op tafel ligt, een 120 jaar oud Tyson relikwie, het eerste mechanische stofzuigermodel van Tyson. Zonder enige angst veegt Judas de schorpioen terug in zijn hok, de suikerdoos en zet hem weer op tafel.

'Wil je nog een koffie compleet?' vraagt hij sarcastisch.

'Nee, dank je.'

Laten me zo snel mogelijk weggaan van hier, de 20ste verdieping van de Messeturm, de frisse lucht in. Heb ik eigenlijk voor de tweede keer in mijn leven een vaststellingsovereenkomst getekend? Slechts 200 Bitcoins zijn gespecificeerd als de aan mij te betalen vergoeding voor de beëindiging van mijn arbeidsovereenkomst. Tegen de huidige wisselkoers voor de Bitcoin, die ruim onder de 500$ per Bitcoin is gezakt, een zeer betaalbare, kosteneffectieve beëindigingsvergoeding voor Tyson. Die waardeloze Bitcoins zijn straks niets meer waard. Conventionele euro's of beter nog, Duitse Marken, zijn mij veel liever dan cryptovaluta's. Maar de leden van de AFD partij hebben alle Duitse Marken al onder hun matras gelegd. Op de Duitse Mark werd tenminste nog een redelijke rentevergoeding betaald. Bitcoins en cryptovaluta's leveren helemaal geen rente op. De meeste cryptovaluta's kennen geen rente. De grootste misvatting in de wereld van de cryptovaluta's. Met de ondertekende vaststellings-overeenkomst is mijn baan weg en mijn ego ook. Maak er een einde aan en ga nu de frisse lucht in!

God ziet er content uit en verlaat de vergaderruimte. Hoewel zeker van zijn overwinning, lijkt het er ook nu weer op net als tijdens ons telefoontje, dat Heinz zijn emoties geen uitweg kan bieden. Hij ontkent ze gewoon. God heeft zijn oordeel geveld en gaat naar de volgende afspraak. Heeft hij zo'n ego dat in het weekend stiekem graag in een Porsche cabriolet naar de golfclub rijdt?

Mijn Tyson batterijen zijn voor het eerst leeg. Het wordt zwart voor mijn ogen en ik beef. In trance ren ik de 20 verdiepingen van ons Tyson hoofdkantoor af, het hoogste gebouw in deze stad. Buiten aangeland, kijk ik weer omhoog naar de 20ste verdieping, waar ik met het drietal in de directiekamer zat. De regen veegt het zweet van mijn gezicht. Ik word langzaam wakker uit mijn trance en droom. Ik heb dringend mijn psycholoog en advocaat nodig. Ik heb emotioneel en rationeel ondersteuning nodig. Zwarte reflecterende ramen, nat van de regen, doemen eindeloos hoog in de lucht op. Buiten sta ik in de regen, zijn dit nu tranen of is dit het water van de regen. Ik veeg mijn gezicht af. Dit gebouw lijkt op het gebouw van Deutsche Bank, verdiend met vals geld. Ik wist niet dat je met stofzuigers zoveel geld kon verdienen.

Op de terugweg in de auto land ik langzaam weer op aarde terug. Een regenboog verschijnt aan de horizon, na het zware onweer. Is dat het voor mij grijpbare licht aan de horizon? Nog steeds ben ik verbaasd over het totaalbedrag van slechts 200 Bitcoins in de vaststellingsovereenkomst die nu is getekend. Pieter zal het er niet mee eens zijn dat het nu getekend is. Waarschijnlijk was het ook een duidelijke zaak van chantage en dus kon ik het niet helpen. Kunnen we dit via de rechtbank terugdraaien? Waarschijnlijk wel in geval van chantage. Maar hoe bewijs je dat? Drie uitspraken van het Tyson trio tegen één van mij. Daarmee wordt het niks in de rechtbank. Aan de andere kant voel ik me nu vrij, ook in mijn hoofd. Drie maanden vrijgesteld van werk, een zogenaamd 'garden leave' en daarna is mijn arbeidsovereenkomst effectief ontbonden.

Heinz zat er vandaag echt stijfjes en niet authentiek bij. Hij heeft een dubbele bodem vanbinnen, zijn ware wezen is niet zichtbaar, alleen zijn uiterlijke ego. Zoals waarschijnlijk ook bij de mannelijke politieke wereldleiders:

Erdogan, Putin en Trump. Kunnen ze hun ware ik zolang in zich meedragen en verborgen houden? Net als Erdogan en Putin leidt Heinz Tyson al bijna 20 jaar. Hoe is het als ze emotioneel zijn of moeten huilen? Of huilen ze alleen vanbinnen? Gaan ze stiekem naar de badkamer om te wenen en hun tranen weg te vegen? Stel je eens een foto voor met Erdogan of Poetin die huilt, onvoorstelbaar! Misschien zijn hun emoties in de loop van de tijd wel afgestompt. Bovenal blijft de behoefte aan macht hen vermoedelijk aandrijven. Kan macht op de lange termijn verslavend zijn? Hoe zit het met leidinggevenden in het bedrijfsleven, kunnen ze verslaafd raken aan macht? Hebben die leiders dezelfde leiderschapsstijl als de politieke leiders op het wereldtoneel?

Tesla's Elon Musk lijkt een beetje megalomaan. Het is bekend dat hij zijn visie met ijzeren vuist omzet. Misschien realiseert hij op deze manier ook zijn droom of illusie. Een droom van een wereld die uitsluitend met elektrische auto's rijdt en waar hij zijn volkstuintje op Mars heeft. Daar kan hij dan in het weekend ontspannen. Maar hij heeft ook de neiging om van tijd tot tijd paranoïde te zijn, vooral in zijn relatie tot de financiële markten, waar 'short sellers' sceptisch zijn over de lange termijn vooruitzichten op succes voor Tesla. In wezen weerspiegelt hij waarschijnlijk het grootste deel van de leiderschapsstijl van Erdogan. Elon zal echter niet aan dat idee wennen.

Jack Welch, de oude CEO van General Electric, weerspiegelt grotendeels de leiderschapsstijl van Trump. Alles kan worden uitgedrukt in kritische performance indicatoren en worden gemeten in geld. Gaat de businesscase op of wordt hij afgeschoten? Als hij opgaat, volgt meedogenloze executie zonder enige achting voor de waarde van menselijke verbindingen.

Jeffrey Skilling, de voormalige CEO van Enron, weerspiegelt vooral Poetin. Of zijn ondergeschikten spelen het Enron spel mee en volgen zijn complottheorie, of je staat buitenspel. Blijf in hun visie en illusie, ga erin mee. Zo niet, dan word je genadeloos vernietigd. Zelfs de auditors van Arthur Andersen speelden Skillings' spel mee.

Hoewel velen dit zouden ontkennen, ook vanwege complottheorieën die rondgaan op de sociale media, geloof ik dat Bill Gates echt wordt gedreven door een betere en mooiere wereld. Bill

Gates was de oprichter van Microsoft en verdeelt filantropisch zijn miljarden, of een deel ervan, voor goede doelen. Zijn motivatie lijkt veelal op de drijfveren van Angela Merkel, om het leven op onze kwetsbare planeet beter en mooier te maken. De twee zouden een goede match zijn en een droomteam kunnen vormen. Misschien had Bill zichzelf toch als democratische kandidaat voor het Amerikaanse presidentschap in 2020 moeten voordragen. Dan hadden de twee, Angela en Bill, ons het tijdperk van de Waterman kunnen binnenleiden en grote transformaties kunnen initiëren om ons de weg naar een betere wereld te tonen.

Heinz past vooral bij de rolmodellen van Trump en Jack Welch, met een vleugje Poetin. Maar het Poetin effect wordt eerder ingebracht door onze Judas, zijn advocaat. Economisch succes staat voorop bij Heinz. Hij heeft het mandaat en neemt de beslissingen als een god. De beslissingen worden genomen ongeacht de emoties, alsof deze niet bestaan. Daar moet je gewoon mee om kunnen gaan. Kan het onderdrukken van emoties, het niet erkennen ervan, ook leiden tot ziekte na jarenlang leiderschap met een dergelijke mechanische leiderschapsstijl?

Reuring

De dag na het zogenaamd informatieve gesprek met Tyson, of liever gezegd, het chantage gesprek, word ik weer nat van het zweet wakker. De woelmuis was weer op pad vannacht. Het Tyson drietal vocht gisteren met alle middelen. Hoewel veel wazig is geworden, staat het beeld van de drie Tyson koningen mij nog helder voor de geest. Het is belachelijk om maar 200 Bitcoins te ontvangen voor 20 jaar werk. Zelfs als de Bitcoin 20 keer meer waard wordt, is dit een onderbetaalde ontslagvergoeding voor mijn loyale diensten. Maar er is wel een soort bevrijdend gevoel dat de kwestie met Tyson voorbij is en ik me er geen zorgen meer over te hoef te maken. Ik kijk naar mijn nachtkastje, het whiskyglas is nog niet leeg, er zitten nog een paar slokken whisky in. Naast het whiskyglas staat het flesje met Trimipramine en de Zolpidem Al. De migraine verwelkomt me ook op deze ochtend weer. Misschien maar een Thomapyrin om mijn dag te beginnen? De onweerstaanbare neiging is er om het whiskyglas met één grote teug leeg te drinken. Ben ik in een film beland? Zo ja, dan is het een slechte film. Eerst even mijn blaas legen op het toilet. In de badkamer kijk ik mezelf aan in de spiegel. Er is niet veel meer over van de Tyson Sales Champion uit 2012.

'Je staat op het punt verslaafd te raken aan drugs en alcohol of je bent er al aan verslaafd,' zeg ik hardop in de spiegel.

Dit moet nu per direct stoppen. Ik ben ook van de éne op de andere dag gestopt met roken. Dan zou dat ook moeten kunnen met alcohol en medicijnen. We stoppen gewoon met de medicijnen: mijn nachtrust is sinds een paar weken terug. En we lassen minstens vier alcoholvrije dagen per week in. Het grootste deel van mijn leven moet nu zonder alcohol plaats vinden. Ik spoel de rest van de whisky met trillende hand weg. Ja, waar spoelt Dieter de Whisky nu in?!, vragen jullie je natuurlijk af. In de gootsteen natuurlijk!

Ik voel me ongemakkelijk, slap en klam. Mijn lichaam beeft en trilt op deze mooie, zonnige vrijdagochtend. Ondanks rusteloze gevoelens kom ik de dag door zonder medicijnen te slikken of alcohol aan te raken. Ik kan dit ook de drie volgende dagen en nachten volhouden. Dan is Günther Jauch's, 'Wie wordt Miljonair' weer op televisie en gaat er weer een fles Corbières van

Jacques wijndepot doorheen. Je moet langzaam afkomen van verslavingen, zeg ik tegen mezelf. Desalniettemin heb ik het gevoel dat er een trendbreuk is, weg van verslavende middelen van welke soort dan ook.

Een week later is het weer tijd voor de financiële planningssessie met mijn moeder en oudere zus. Mijn moeder, 88 jaar oud, maakt haar kilometers achter haar rollator. Zoals velen van haar leeftijd, worden zij zelf en haar wereld langzaam kleiner. Ze schuifelt door de wereld, voorovergebogen achter haar rollator. De wereld ziet ze door haar typische oma-brilletje. Door de scheiding van mijn vader en een kleine erfenis, heeft mijn moeder een klein kapitaal opgebouwd. Ze agendeert regelmatig vergaderingen om haar opgebouwde kapitaal te beheren.
'Wie wil er een glas witte wijn?', vraagt ze opgewekt en opent onze sessie.
Haar nieuwe medicijn voor haar chronische depressie maakt haar humeur zichtbaar vrolijker.
'Ja, een goede witte wijn past bij dit soort vergaderingen,' zwicht ik instemmend voor haar uitnodiging.

Het wordt vast en zeker weer een lange en grappige sessie. Een heerlijke slok wijn is daarbij meer dan welkom. Natuurlijk bedien ik mezelf, mijn zus en mijn moeder, met een glas wijn, precies in deze verkeerde, omgekeerde volgorde.
'Oh, een Gewürztraminer, heel nobel, smaakt uitstekend!'
Mijn moeder kijkt me liefdevol aan. Ik ben tenslotte haar favoriete zoon. Nou ja, haar enige zoon.
'Proost!', volgt in stereo van mijn moeder en mij.
Mijn zus kijkt ons allebei aan.
'Als ik jullie tweeën toch eens mocht hebben!', zegt mijn zus terwijl ze haar ogen verdraait.
'Nou, je hebt ons allebei toch?', antwoord ik met een retorische vraag.
Mijn moeder glimlacht. Mijn zus rolt weer met haar ogen en staat een beetje buitenspel bij ons. Maar dat gaat zo veranderen, want mijn grote zus is de baas als het gaat om de investeringsbeslissingen. Na een uurtje puzzelen hebben we alle spaarrekeningen, kleine aandelenfondsen en contant geld van onder haar matras in een overzicht gezet. Vanwege het depositogarantiestelsel in Nederland, heeft mijn moeder haar geld over zoveel mogelijk rekeningen

verdeeld omdat de saldi slechts tot een bepaald bedrag door de staat worden gegarandeerd in het geval van faillissement van de bank. Eén rekening heeft echter een saldo dat aanzienlijk hoger is dan het door de staat gegarandeerde bedrag van 100.000 Euro. Daar zullen we een investeringsbeslissing moeten nemen.

'Ik wil graag een nieuwe rekening openen bij Evi van Lanschot.'

Dat wil mijn moeder omdat haar tweede kleindochter Evita heet.

Ik kijk haar aan:

'Mama, een spaarrekening bij Evi van Lanschot brengt momenteel maximaal 0,05 procent rente op.'

'De DHB rekening levert 0,20 procent op!', verweert ze zich.

'Dat is het viervoudige en die rekening heeft een saldo van slechts 67.000 Euro. De garantielimiet van de staat is nog niet bereikt op die rekening'.

Vrouwen en investeringen, veel succes! 100 procent zekerheid op geldontwaarding bij dit rentetarief en een inflatie boven de 1 procent.

'Open een spaarrekening bij de Nederlandse staat en beleg het totale saldo van 190.000 Euro bij de Nederlandse staat. Of koop een paar staatsobligaties van Angie, onze favoriete bondskanselier!'

Mijn moeder kijkt me te goeder trouw aan, ze heeft altijd het volste vertrouwen in haar favoriete zoon.

Dan bedenk ik dat, de ECB binnenkort zal stoppen met het kwantitatieve verruimingsbeleid en opkoopprogramma voor staatsobligaties. Maar hoe leg ik dit uit aan twee vrouwen? Mijn grote zus, die wiskundig veruit superieur is aan mij en mijn moeder.

'Daardoor zullen de prijzen van staatsobligaties dalen en het rendement zal stijgen.'

Een eerste poging om het uit te leggen.

'Dat is toch juist goed als het rendement stijgt?', vraagt mijn moeder verbaasd.

Na nog drie rondjes uitleg, begrijpt mijn wiskundig begaafde zus dat je nu waarschijnlijk te duur staatsleningen inkoopt en geld verliest op de geïnvesteerde inleg.

'Koop staatsobligaties van je vriend Trump. In de Verenigde Staten wordt het aankoopprogramma van staatsobligaties voortgezet en leveren ze nog steeds twee procent effectief rendement op. Je geïnvesteerde inleg is dan veilig dankzij het kwantitatieve verruimingsbeleid en opkoopprogramma voor staatsobligaties!', stel ik een alternatieve beleggingsstrategie voor.

Nu kijkt mijn moeder me ernstig aan met lichte verontwaardiging:

'Trump krijgt geen cent van mijn spaargeld!', roept ze luid.

De witte wijn begint samen met haar nieuwe medicijn op haar in te werken, net zoals bij mij.

'Of koop wat ING-aandelen, een veilige Nederlandse bank met een aantrekkelijk dividendrendement.'

'Nooit van mijn leven! Die smeden samen met criminelen om geld wit te wassen,' roept ze nog een beetje luider.

'Beleg dan in een wereldwijd PIMCO-fonds voor staatsobligaties, je hebt dan een rendement dat 100 keer zo hoog is als op je spaarrekeningen. Je rendement is ongeveer 4.000 Euro per jaar.'

'Dat is wel veel,' beaamt ze instemmend en knippert met haar ogen.

'Hiermee kun je weer kerstman spelen voor je broers en zoveel je wilt doneren voor je goede doelen.'

Ze kijkt me weer langdurig en te goeder trouw aan en verweert zich niet meer.

'Goed, dan kopen we voor 190.000 Euro het PIMCO-staatsobligatiefonds,' verkondigt mijn oudere zus wat ongeduldig het besluit.

Ze stond alweer iets te lang aan de zijlijn. Mijn moeder en ik waren al verder dan het tweede glas witte wijn. Mijn zus noteert de beslissing in ons notitieboek voor mijn moeders beleggingen. Vergadering gesloten: Trump krijgt via PIMCO nog steeds een paar centen spaargeld van mijn moeder. Maar ze hoeft niet alles te weten, anders waren we nooit tot een besluit gekomen.

Rond de jaarwisseling vlieg ik naar Turkije. Na veel internetonderzoek moet je op een gegeven moment de realiteitscheck doen. Net als bij vrouwen ziet het er op het internet of op televisie altijd mooier uit dan in het echt. Kan mijn fantasie in het echte leven worden omgezet? De vrijheid om dit te doen, is er. Voor het eerst in mijn leven land ik op Milas Airport, Bodrum. Het is 20.00 uur en pikdonker. Als ik op de luchthaven aankom, moet ik allereerst het autoverhuurbedrijf zien te vinden. Maar de autoverhuur is in geen velden of wegen te bekennen en ik strompel met mijn koffer over het vliegveld. Het is ruim boven de 20 graden en ik begin weer te zweten.

'Mijn God, wat doe ik hier in vredesnaam. Je kunt beter meteen weer omkeren!'
Veroordelende gedachten beginnen weer op te spelen. Deze keer reik ik zelf naar 'mijn God' uit, in plaats van dat Eleonora of Jancko dit voor mij doen. Na twee keer navragen blijkt dat het autoverhuurbedrijf in de andere terminal zit, de terminal voor binnenlandse vluchten. Eerst moet je opnieuw door de beveiligingscontrole, pas daarna kun je de autoverhuurbedrijven bereiken. Zeer praktisch! Een half uur later zit ik dan toch in de huurauto. In Google voer ik de coördinaten van Hotel Gümüşlük in en dan ben ik eindelijk onderweg. Slechts 20 procent batterij in mijn smartphone is nog maar over, is dat wel genoeg? Mijn oude ego heeft mijn nieuwe ego al afgeschoten. Deze fantasieën over Turkije zijn gewoon een waanvoorstelling van de geest, belachelijk! Dieter de boek auteur, woonachtig in Turkije. Voor wie het wil geloven! Mijn batterij is bijna helemaal leeg als ik op de D330 richting Gümüşlük rij: eindeloos slingert en slingert de weg in sierlijke bochten heen en weer! Sterker nog, mijn batterij is nu echt leeg! Vloekend parkeer ik mijn auto aan de kant van de straat om me te oriënteren. Maar dan zie ik in de verte aan

de horizon, in de baai van Gümüşlük, de licht reclame van Hotel Gümüşlük. Is dit het licht aan de horizon voor mij? Vanavond heb ik tenminste een bed. Een vleugje hoop voor mijn nieuwe ego.
'Meneer Holland?', vraagt een liefdevolle dame bij de receptie van het hotel.
'Ja, dat ben ik.'
Het adrenalineniveau zakt weer wat. Ik ben waarschijnlijk de enige gast in deze tijd van het jaar.
'Je kamer is klaar. Kom, ik zal je je kamer laten zien.'
'Kun je nog een restaurant aanbevelen waar ik zo laat 's avonds nog een hapje kan eten?'
Zo laat, na tien uur, is waarschijnlijk alles al dicht.
'Ja hoor, je loopt gewoon rechtdoor langs het zwembad, blijft die richting volgen en op het strand aangekomen ga je naar rechts. Daar vind je vele restaurantjes waar je heerlijke gegrilde vis kunt eten.'
Een beetje verbaasd dat er op deze tijd 's avonds nog zoveel eetgelegenheden open zijn, loop ik naar het strand. Maar gelukkig klopt het.
In de prachtige, schilderachtige haven van Gümüşlük is rond deze tijd nog volop leven en ik stop willekeurig bij één van de eerste visbistro's.

'Kan ik nog iets te eten krijgen?'
Het is nu al na elven.
'Uiteraard, kom binnen,' verwelkomt de ober me oprecht en hartelijk.
Zoals het in Turkije werkt, laat de ober me de voorgerechten zien die in de vitrine staan en ik kies drie van de overwegend vegetarische voorgerechten uit.
'Een vis van de gril?'
'Graag!'
En ik kies een kleinere zeebaars van de verse vis die op het ijs ligt.
'Wijn?'
'Prima!'
'Een glas wijn of een hele fles?'
'Doe maar een fles alsjeblieft.'
Vanavond genieten we weer eens van het leven. Het eten is heerlijk. Heerlijke vegetarische voorgerechten en gegrilde zeebaars als hoofdgerecht. Ik bewonder de baai met veel geweldige zeiljachten en ben onder de indruk. Zelfs mijn oude ego is verbaasd en gaat bijna overstag. Ik ben geland, dit kan toch nog wat worden hier!

De drie dagen daarna bekijk ik samen met mijn makelaar meer dan tien appartementen met zeezicht. Geen tuin, geen vrijstaande villa's, geen privézwembad, eerder een gemeenschappelijk zwembad. De selectie strategie moet het minimalistische principe volgen. Het uitzicht op zee is van onschatbare waarde, dat echt veel voor mij betekent. Volgens het minimalisme kun je dan wel geld uitgeven aan uitzicht op zee, want dat vertegenwoordigt voor mij de echte meerwaarde.
Het was liefde op het eerste gezicht, bij één van deze appartementen. Het uitzicht op zee vanuit de woonkamer en het balkon is fantastisch en uniek. Het complex is klein en rustig. Ontspan, relax en geniet in alle rust. Veel mogelijkheden om naar het strand te gaan, te zwemmen of te snorkelen. Mediterraan blauw, puur zeewater. De dolfijnen kunnen van tijd tot tijd vanaf het balkon worden gezien. Veel wandel- en fietsmogelijkheden, een e-bike is aan te raden, ook hier is het bergachtig. Dieter is verkocht!
Na oudejaarsavond komt mijn dochter. Je moet een gewetensvol klankbord raadplegen alvorens de definitieve beslissing te nemen. Maar mijn dochter is ook enthousiast over het leven in en rond Gümüşlük: de authentieke mensen, de dieren,

het eten, de zee en het uitzicht. We bezoeken drie van de tien voorgeselecteerde appartementen. We zijn het eens zonder mitsen of maren.
'Peace?', vraag ik.
'Ja, Peace!', stemt ze in en is het volmondig met me eens.
Zo dopen we het appartement en geven het de naam Peace. Het was liefde op het eerste gezicht voor ons allebei.

De week daarna, terug in Nederland, is het weer de beurt aan mijn favoriete hobby: samenwerken met bureaucratische ambtenaren. Dit keer is het de ambtenaar van het UWV. Hij kijkt me ongeduldig en zonder begrip aan.
'Dus, als ik het goed heb begrepen, meneer Holland, zou u uw werkloosheidsuitkering in het buitenland willen betrekken, wel te verstaan in Turkije?'
'Ja, het maakt niet uit waar. Ik heb er 20 jaar voor geploeterd, toch?', voer ik als argument aan.
'U hebt sollicitatieplicht, bent u beschikbaar voor de Nederlandse arbeidsmarkt als u in Turkije verblijft?!'
'Ik heb alweer een nieuwe baan gevonden.'
Mijn argumentatie is deze keer goed voorbereid.

'Pardon?!', vraagt hij vol verbazing.
'Ik zal binnenkort beginnen of ben misschien al begonnen met mijn nieuwe baan. Wanneer precies weet ik niet, maar ik zal of ben al boek auteur geworden.'
De ambtenaar ratelt ongeduldig met zijn vingers op het bureau. Hij is een doodsaaie en stoffige bureaucraat en vind dit helemaal niet grappig. Zal ik hem een Tyson aansmeren? Daarmee kan hij zichzelf afstoffen en zijn fantasie stimuleren! Ik moet grijnzen bij deze gedachte.
'U krijgt pas een WW-uitkering als u tien sollicitaties voor passende banen hebt verstuurd!'
Hij is nu rood aangelopen, heb ik iets verkeerds gedaan?
Deze papieren rotzooi met sollicitaties is niet mijn wereld. Een wereld van regels en bureaucratie is niet gemaakt voor een vrije denker zoals Dieter. Mijn besluit staat vast, boek auteur gaat mijn toekomst worden!

Met de klimaatverandering breekt de lente steeds vroeger in het jaar uit. Begin februari is het contract voor de verkoop van ons huis getekend. Het is een heerlijke locatie, mijn eigen plekje in Essen-Kettwig, waar we 20 jaar hebben gewoond.

Een mooie en gelukkige levensfase. Net als de 100-jarige buurman die er vroeger woonde, dacht ik altijd op deze plek te zullen sterven. Hij kwam elke zaterdag met zijn stok naar buiten om een paar meter te lopen, zijn Forrest Gump wandelingetje, een respectabele prestatie voor iemand op die leeftijd. Net als bij mijn vader, kon je zien hoe zijn levensradius elke dag met enkele centimeters kromp. Na zijn dood trok Jancko's Poolse drietal in het kleine huurappartementje van iets meer dan 20 vierkante meter. Het piepkleine appartementje wordt verhuurd door mijn echte buren Willie en Anja. Willie is mijn denkbeeldige broer nadat we elkaar voor de lol spontaan broers noemden. We hebben geen van beiden een broer en het is gewoon fijn om gevoeld een broer in het leven te hebben. Maar in de loop van deze 20 jaar zijn we echte broers geworden en dat verandert niet meer. Hij en zijn vrouw Anja zijn altijd aan het rommelen in de tuin of het huis, ze bedenken telkens weer nieuwe projecten. Net als Dieter zijn die twee in deze zin echte woelmuizen en graven ze een labyrint in hun tuin. Het natuurlijke landschap waar onze huizen zich bevinden is een prachtig, groen, heuvelachtig landschap. Oude prachtige bomen waaronder beuken en sparren schilderen deze omgeving. Ook ideaal voor paddenstoelenplukkers en vogelaars. Voor een Nederlander voelt het hier bijna bergachtig aan. Nu is deze levensfase voorbij en zoals velen uit ervaring weten, moet na ondertekening van het koopcontract de woning worden geruimd. Wat een genot! Je wordt uiteindelijk dan geconfronteerd met alle rotzooi die je in 20 jaar hebt verzameld. Dieter kan zijn nieuwe levensstijl nu echt uitleven: het minimalisme dat hij van zijn dochter heeft geleerd. Gedurende deze tijd wordt Dieter ook een erkende Marktplaats Sales Champion. Het beantwoorden van de vele vragen van potentiële kopers vulde gemakkelijk zijn dag. De Weber-grill, de Stihl-zaag, de Kärcher-hogedrukreiniger en soortgelijke bezittingen waren binnen een paar minuten verdwenen. Meerdere kopers die tegelijkertijd vragen stelden en aanbiedingen deden. Schitterende meubelen, zoals de hoekbank, kregen nauwelijks interesse en liepen niet goed. Gelukkig kwam de Marktplaats gebruiker 'De Natuurvrienden' opeens opdagen. Het stel achter deze gebruikersnaam heeft hun trailer meerdere keren volgeladen met de rest van onze onverkochte spullen. Misschien runden de 'Natuurvrienden' wel een door Marktplaats erkende kringloopwinkel, ik weet het niet. Ze hebben bijna alles weggeruimd wat gratis was. Aan het einde van deze korte uitverkoop hadden we aanzienlijk minder spullen en troep. Zoals ik al eerder zei, minder eigendom betekent meer vrijheid. En vrijheid is precies wat Dieter zoekt in zijn nieuwe levensfase.

Nadat de 'Natuurvrienden' zijn vertrokken met de laatste aanhanger vol spullen, komt mijn buurman en broer Willie van de overkant van de straat aangelopen. Hij heeft twee heerlijke, halve liters bier bij zich, Warsteiner koud uit de fles. Voor het huis gaan we in de zon op de trap zitten. Voor begin februari is het al heerlijk warm. Broederlijk zitten we naast elkaar.

'Is het huis nu helemaal leeg?'

'Ja, misschien nog een ritje naar het grofvuil met een paar oude verfblikken. Maar dat is het dan wel.'

We proosten en genieten van een paar volle teugen Warsteiner.

'En hoe voel je je?', vraagt hij nadrukkelijk.

'Dubbelzijdig, aan de ene kant hou ik eindeloos van dit plekje en doet het pijn om te vertrekken. Aan de andere kant is deze fase van mijn leven voorbij en bespeur ik meer vrijheid.'

'Waar ga je nu naartoe?'
'Naar Turkije.'
Hij kijkt me onderzoekend aan.
Ik kan zien dat hij me serieus neemt.
'En wat ben je beroepsmatig van plan?'
'Schrijver of boek auteur. Dus ik zal binnenkort een boek schrijven.'
Hij ziet dat zijn jongere broer vastbesloten is.
'Reuring dus!', concludeert hij.
'Precies, reuring!', beaam ik.
Het tijdperk van de Waterman komt langzaam dichterbij.

De Droom

Mijn medicijnen heb ik iets meer dan een maand geleden stopgezet. Nog steeds is mijn slaap prima. Alhoewel mijn dromen hallucinaties lijken, ze zijn zeer realistisch. Dit kan te maken hebben met lichte ontwenningsverschijnselen. Geloof het of niet, drie tot vier alcoholvrije dagen per week zijn er ook bij als onderdeel van de door mijzelf voorgeschreven behandeling. Vooral op alcoholvrije dagen slaap ik dieper en ononderbroken. Als er weer een Corbières van Jacques wijndepot doorheen gaat, is mijn slaap veel rustelozer en onderbroken. De volgende dag vraag ik me vaak af of die dromen nu echt zijn gebeurd of dat het slechts een droom was. De werkelijkheid en de fantasie van mijn dromen zijn versmolten en nauwelijks te onderscheiden. Hetzelfde gold voor het gerechtsproces Tyson versus Holland. Was het een droom of de realiteit?

De tribune is overvol, er zijn ook veel mensen die ik niet ken. Een aantal Tyson medewerkers en collega's. Zelfs enkele van mijn klanten zijn gekomen. Wie gaan ze steunen tijdens de rechtszaak?

Mijn dochter, Evita, papa, mama, mijn zussen, zwagers, Eleonora, Jancko met broer en zoon, mijn buren uit Duitsland, zelfs mijn nieuwe buren uit Turkije zijn gekomen. En niet te vergeten, mijn meer dan 20 tennismaatjes zijn ook aanwezig. Ze kwamen aan in de fan bus, zoals bij een voetbalwedstrijd in de Eredivisie of de Bundesliga. Mijn huisarts is er ook! Heeft ze haar praktijk vandaag gesloten? Dat iedereen hier is, heeft mijn psycholoog natuurlijk voor me geregeld, die in de voorste rij op de tribune zit. Inmiddels ben ik erg op haar gesteld geraakt. Het is heel fijn dat ze iedereen heeft aangemoedigd hierheen te komen om mij te steunen, wat een emotionele opsteker! En complimenten voor haar aantekeningen, niemand ontbreekt. Nu weet ik waarmee ze haar notitieboekje heeft gevuld. Er klinkt een luid gemompel als ik met Pieter de rechtszaal binnenloop. Hij draagt een prachtig zwart kleed als mijn verdedigende advocaat. Hetzelfde gemompel zoemt rond als Heinz, Judas, Petrus en hun advocaat binnenkomen. Dit doet me denken aan de gladiatorenfilms met een vergelijkbare sfeer. Ik loop met kaarsrechte rug. Oren, schouders en heupen op één lijn. Zoals mijn dochter me dat heeft geleerd. En zonder al te veel emoties, die moet je volgens Pieter niet laten merken. Als ik ga zitten maak ik kort oogcontact met Michelle, mijn klant uit Bloemendaal. Vele jaren geleden had ik een erotische affaire met haar in grootse Tyson stijl. Af en toe schreeuwt iemand vanuit het publiek.

'Tyson is het beste bedrijf ter wereld,' klinkt een kreet die uit het Tyson vak van de tribune komt.

Ze hebben ook een spandoek bij zich om dit te benadrukken. Hebben Heinz en zijn bestuur maatjes weer bonussen beloofd om dit te regelen?!

'Sla ze van de baan met een ace, Dieter!', roept één van mijn tennismaatjes uit Keulen.

'Ik hou van je oom Dieter!', schreeuwt mijn kleine nichtje Evita.

Een golf van warme, diepe emotie komt weer naar boven als ze het roept, ongewild en ongeremd. Ik moet mijn tranen nu weer onder bedwang houden. De meeste kreten lijken mij te steunen. Als het een droom is, dan kan ik die vormgeven met mijn eigen onbewuste fantasieën. En zo niet, dan zijn we nu in het boek en maken aanspraak op censuurvrijheid om de sfeer met bewuste verbeeldingskracht neer te zetten. Wederom ben ik in een film, maar nu de juiste film. Iedereen zit nu.

'Orde, orde! Stilte alstublieft,' maant de rechter tot rust.

Op basis van bedreiging en intimidatie willen wij, Pieter en ik, de vaststellingsovereenkomst ongedaan maken. Pieter en de Tyson advocaat brengen hun claims en bewijsmateriaal in. Na lang heen en weer:

'Meneer Holland, kunt u alstublieft naar voren komen?'

Ik schrik op, het kruisverhoor begint al.

De advocaat van Tyson zal ons geschetste beeld van bedreiging en intimidatie met de schorpioen ondermijnen.

'Op welke datum was u op het hoofdkantoor van Tyson voor dit zogenaamde informatieve en verhelderende gesprek?'

'In december.'

'Welke datum?'

'Begin december.'

'Maar weet u nog de exacte datum, meneer Holland?'

De strategie van de Tyson advocaat is hier om te laten zien dat ik niet zeker ben van mijn eigen perceptie en herinneringen omdat ik bepaalde feiten niet meer weet. Dit roept vragen op over mijn betrouwbaarheid als getuige en ondermijnt mijn getuigenis.

'Nee, ik herinner me de exacte datum niet meer.'

'Op welke verdieping was het gesprek meneer Holland.'

'Op de 20ste verdieping geloof ik.'

'Gelooft u?!'

Nogmaals, ondermijnt hij mijn feitelijke kennis en omringt mijn getuigenis met onzekerheid.

'En u zag naar verluidt een zwarte schorpioen op tafel kruipen en besloot daarom de beëindigingsovereenkomst te tekenen?'

'Ja precies!'

Onderbouwt hij nu mijn getuigenis?

'Dat gelooft u gezien te hebben?!'

'Ja, dat denk ik wel.'

'Gelooft u ook in God?'

'Ja ik geloof van wel.'

'Bestaat God?'

'Dat weet ik niet zeker.'

'U gelooft veel als de dag lang is, maar u weet niets zeker, meneer Holland!'

Luid gemompel stijgt op van de tribunes. Was dat nu een vraag?

'Bezwaar meneer de rechter, God had niets te zoeken in het informatieve en verhelderende gesprek.'

'Houd God er alstublieft buiten,' waarschuwt de rechter de advocaat van Tyson.

Het begon allemaal met dat korte telefoontje met god Heinz, denk ik bij mezelf. Natuurlijk heeft God er mee te maken. Maar God stelt zich niet beschikbaar voor een kruisverhoor en alleen in mijn verbeelding is bekend dat Heinz ook een god is. Als ik dit nu naar voren breng, zal niemand me meer begrijpen.

De advocaat van Tyson gaat nu verder met het in twijfel trekken van mijn werksituatie. Tyson heeft de tegenvordering gesteld dat mijn arbeidsovereenkomst met onmiddellijke ingang en zonder enige vergoeding zal worden beëindigd.

'Was u bekwaam in teamleiderschap, meneer Holland?'

'Ja zeker.'

Ik wil geen onzekere uitspraken meer doen.

'Heeft u vaak uw taken gedelegeerd, meneer Holland?'

'Ja zeker, dat hoort bij het geven van meer verantwoordelijkheid aan medewerkers en hun ontwikkeling.'

'Waren er nog taken die u het afgelopen jaar zelf heeft gedaan, meneer Holland?'
'Ja uiteraard.'
'Welke taken waren dat?'
'Beslissingen over prijzen, personeel en contractonderhandelingen.'
'U nam dus de hele dag beslissingen en had zelf geen effectieve taken meer, meneer Holland, klopt dat?!'
'Ja, min of meer.'
Weer erin getrapt met een onzeker antwoord op deze vraag.
'Bezwaar meneer de rechter! Ze proberen mijn cliënt ervan te overtuigen dat hij geen eigen werk meer heeft.'
Pieter heeft nu de strategie van de Tyson advocaat doorzien.
'Bezwaar afgewezen, gaat u verder,' beslist de rechter.
Pieter kijkt me bezorgd en nadrukkelijk aan.
'U had dus feitelijk geen eigen werk meer, meneer Holland?!'
'Voor zover ik me kan herinneren...............,' probeer ik het nu ook op de Jeffrey Skilling manier.

Maar dan is er volledige radiostilte en weet ik niet meer wat ik moet zeggen, een complete black-out. Ik herinner me echt niets meer. Wederom stijgt gemompel op van de tribunes.
'Maar is delegeren dan geen teken van een goede leiderschapsstijl? Je moet je opvolgers trainen en bekwamen zodat je zelf verder kunt groeien binnen de organisatie?' stamel ik hulpeloos.
'U had dus effectief geen eigen werk meer, meneer Holland?!', herhaalt de Tyson advocaat luid en duidelijk zijn vraag. Wederom is het doodstil geworden.
'Bezwaar meneer de rechter. Mijn cliënt wordt een verklaring opgedrongen.'
Pieter probeert druk weg te nemen: het loopt niet zoals gepland.
'Bezwaar afgewezen, ga verder alstublieft.'
De rechter staat de Tyson advocaat zijn benadering toe.
'U heeft dus simpelweg uw taken weg gedelegeerd zodat u met uw tennismaatjes op Mallorca kon tennissen?'
De Tyson advocaat maakt gebruik van de speelruimte die de rechter biedt en verhoogt de druk.

Mijn tennismaatjes protesteren luid op de tribunes en beginnen te schreeuwen.

'Bezwaar meneer de rechter?'

Pieter maakt wederom bezwaar.

'Sportactiviteiten op vakantie hebben niets te maken met het werkgebied en de managementstijl van mijn cliënt!'

'Bezwaar toegekend.'

'Blijf bij het onderwerp alstublieft,' waarschuwt de rechter de advocaat van Tyson.

'Meneer Holland, beantwoord mijn vraag: heeft u effectief uw werk weg gedelegeerd?!'

De advocaat van Tyson herhaalt de vorige vraag nog luider en met meer nadruk.

Volledige radiostilte volgt gedurende 20 seconden.

'Uh, uh ………..,' mompel ik zachtjes.

Gezoem komt op van de tribunes. Hier en daar breekt gelach uit.

'Geen verdere vragen, edelachtbare,' besluit de advocaat van Tyson.

Ik druk op de verzendknop op mijn mobiele telefoon onder de tafel. Mijn laatste reddingsmiddel, de foto, komt aan bij Pieter. Zijn mobiele telefoon licht op en trilt onder zijn zwarte kleed. Hij kijkt er kort naar zonder dat de rechter het merkt. Alle ogen zijn momenteel verbluft gefixeerd op mij.

Nu is het de beurt aan Pieter om onze god Heinz onder kruisverhoor te nemen.

'Wat ziet u op deze foto?'

Verrassend genoeg laat Pieter meteen de foto zien. Deze foto had ik genomen toen ik mijn mobiele telefoon omdraaide tijdens het informatieve en verhelderende gesprek met het Tyson trio om naar de foto van mijn dochter en mij te kijken. We zijn een onverslaanbaar team. De foto is onmiskenbaar: hij identificeert duidelijk de gezichten van Heinz, Judas en Petrus, met een dikke zwarte schorpioen op de voorgrond. Wat doet Pieter nu? Het bewijs is helemaal niet toelaatbaar. Heinz wordt asgrijs. Weer een oorverdovende stilte in de rechtszaal.

'Maar het was geen giftige schorpioen?!' flapt Heinz er verbijsterd uit.

'Bezwaar edelachtbare, dit bewijs is niet toelaatbaar.'

Een fractie van een seconde te laat komt de Tyson advocaat met zijn bezwaar. Heinz heeft zich al uitgesproken en de chantage met de zogenaamd niet-giftige schorpioen is bevestigd. Pieter provoceerde God op fenomenale wijze.

De hel breekt los in de rechtszaal. Van twee kanten zwelt een kakofonie van geschreeuw aan. Eén van de aan Heinz loyale, ondergeschikte managers staat op en roept luid:
'Veroordeel toch eindelijk eens deze oerdomme Nederlander.'
Het wordt nu behoorlijk chaotisch. Eén van mijn Keulse tennismaatjes staat op en slaat de Tyson manager op zijn neus zonder mitsen of maren. De Tyson Manager gaat verticaal, plat tegen de grond. Tyson gaat dit keer knock-out, de Keulenaar heft zegevierend zijn armen:
'Dat was er één voor Dieter.'
'Orde, orde, kalm, kalm!' maant de rechter het publiek.
Een jongere Tyson medewerker, één van de rijzende sterren, legt aan om uit te halen en wraak te nemen op de Keulenaar. Maar voordat hij zijn vuist in het gezicht van de Keulenaar kan landen, springt Jancko naar voren en raakt de rijzende ster op zijn Solar Plexus. Kort van adem verwordt de rijzende ster tot vallende ster en laat zich op zijn knieën op de grond zakken met zijn handen op zijn borst.

'Dieter Liber Sum, jij krijgt boem boem!', kraait Jancko zegevierend en omhelst mijn Keulse maatje. Hij heeft nu ook correct Latijn geleerd.

De veiligheidstroepen halen enkele van de toeschouwers uit elkaar die op de vuist zijn gegaan. Langzaam keert de rust terug en komt de rechter binnen om het vonnis uit te spreken.

'Ik verklaar Tyson hierbij schuldig aan afpersing en veroordeel Tyson en hun bestuurders tot 2.000 Bitcoins aan schadevergoeding.'

Met 500 Euro per Bitcoin hoef ik dan niet meer naar Günther Jauch te gaan, voor de 'Wie wordt Miljonair' show, bereken ik in mijzelf.

De foto als bewijs was niet toelaatbaar, maar de getuigenis van Heinz was dat wel en daarmee werd de afpersing bewezen. De rechter vond ook dat de waarheid moest zegevieren. Mijn tennismaatjes dansen nu op Keulse carnavalsliedjes op de tribunes en in polonaise lopen ze met mijn dochter, Evita, mijn Turkse en Duitse buren, Eleonora, Jancko en niet te vergeten mijn papa en mama, de rechtszaal uit.

'Pas toch op voor Corona!', schreeuw ik ze bezorgd toe.

Oh ja, het is pas begin 2019, bedenk ik me dan, Corona gaat pas in de toekomst van start. Dan kan ik Pieter ook omhelzen om hem te bedanken voor zijn briljante verdedigingsstrategie. En natuurlijk mijn twee beschermengelen: mijn huisarts en mijn psycholoog. Mijn psycholoog verplettert me bijna met haar sterke armen, maar er stroomt nu ook veel energie en oprechte liefde tussen ons.

Word ik wakker uit een droom? Was het gerechtelijke proces en deze overwinning slechts een droom? Of is het de waarheid en niet alleen een droom. Zou een bestseller voor Dieter niet een betere droom, illusie of waarheid zijn? Met een interview door Markus Lanz op de Duitse televisie? Ik weet het niet meer en kan geen onderscheid meer maken tussen waarheid, illusie en dromen. Volgens Freud worden dromen gedreven door angsten en verlangens. Dan had het een droom kunnen zijn. De angst om te verliezen voor de rechtbank en met lege handen te staan. Het verlangen om te winnen en gerechtigheid te laten zegevieren. Eerlijk duurt het langst! Tegelijkertijd was de verbeelding te echt om een droom te zijn. Beslis zelf maar: realiteit of droom? Het succes van de overwinning in de rechtbank, of het nu een illusie, waarheid of droom was, heeft me op de één of andere manier goed gedaan. Gerechtigheid en genoegdoening ervaren, ook al was het misschien maar een droom, is goed voor je.

Sterven

Dit zijn de dagen waarop de panelen snel schuiven. Sneller en intensiever dan je soms zou willen. Eind februari is mijn volgende trip naar Bodrum aanstaande voor de overdracht van mijn nieuw verworven thuis aan de Egeïsche Zee. Mijn dochter en ik doopten het bescheiden stulpje Peace. Het is heerlijk rustig gelegen, met een geweldig uitzicht op zee en in totaal 20 Griekse eilanden. Het zijn de laatste dagen van de winter of wat ervan over is. Gevoeld is het al lente met bijna 20 graden in Duitsland. In de winter gaan de vluchten naar Bodrum alleen indirect, via Istanbul. Dit keer via Atatürk Airport met Turkish Airlines. In het vliegtuig droom ik weg, en de echte wereld vervaagt een beetje naar de achtergrond. Bij de daling naar Atatürk begint het vliegtuig behoorlijk te schudden in zware turbulentie. Blijkbaar is de lente nog niet aangekomen in Istanbul, het sneeuwt, met temperaturen onder nul en harde wind. Gelukkig is onze piloot van Turkish Airlines bekwaam en zet hij het vliegtuig ondanks de hevig turbulentie veilig aan de grond in de sneeuwstorm. Net zoals mijn vader dat vroeger deed bij KLM, als gezagvoerder van een Boeing 747. Gepaste trots komt in mij op. Met mijn vader gaat het momenteel niet zo goed. Dertig jaar geleden kreeg hij een hartaanval kort nadat hij gescheiden was van mijn moeder. Dat was nadat de zoveelste affaire aan het daglicht kwam. Dit keer in de naaste vriendenkring van mijn moeder en niet de volgende verre stewardess. Sindsdien wordt hij al bijna dertig jaar persoonlijk behandeld door de leidende professor van de afdeling hartchirurgie van het Leids Universitair Medisch Centrum. Mijn vader is best een beetje trots op zijn persoonlijke band met de professor aldaar. In de afgelopen jaren is de radius waarbinnen het leven van mijn vader zich afspeelt steeds kleiner geworden. Drie jaar geleden speelde hij voor het laatst mee in de Holland Golf Familie Cup met mijn zussen en hun echtgenoten. De aangetrouwde familie gaat bij ons door voor de 'koude kant' omdat ze niet het bloed van onze ouders hebben vererfd. Een klein, begeerd golftoernooi en een gezellige familiebijeenkomst. Twee jaar geleden stopte mijn vader met het spelen van bridge. Sinds een jaar kan hij zelf niet meer boodschappen doen en komt hij nauwelijks nog uit zijn geliefde villa met uitzicht op het meer in Leimuiden. Niet alleen wordt zijn radius in het leven kleiner, maar mijn vader zelf krimpt ook heel langzaam. Het probleem is dat zijn spieren continue zwakker worden door een structureel gebrek aan lichaamsbeweging. Een langzame uitval van hart en organen vindt bij hem plaats. De medische technologie is al zeer geavanceerd en je kunt al veel doen. Afgelopen zomer kreeg hij een telefoontje van het ziekenhuis om te checken of hij zich op dat moment wel goed voelde.

'Voelt u zich goed, meneer Holland,' vroeg de verpleegster meelevend aan de telefoon met een warme stem.

'Het gaat, ik ben nogal vermoeid en een beetje kortademig.'

Dit gebeurt allemaal omdat de pacemaker van mijn vader op afstand wordt bewaakt in het ziekenhuis en de ziekenhuisverpleegkundige ingrijpt als de hartslag hoger is dan 140. 15 minuten later werd hij opgepikt door de ambulance en kreeg hij een zogenaamde reset, wederom met succes. De afgelopen weken is zijn motoriek echter sterk achteruitgegaan en maak ik me steeds meer zorgen. Aangezien Dieter sowieso uitverkocht is met zijn Tyson stofzuigers, heb ik mijn vader beloofd voorlopig voor hem te zorgen.

Na mijn aankomst in Bodrum twee dagen later, zit ik voor het eerst op mijn balkon te genieten van de zonsondergang in mijn Peace appartementje in Gümüşlük. Gezamenlijke herinneringen aan goede tijden met mijn vader flitsen door mijn hoofd. Reizen naar Zuid-Afrika, Brazilië, Argentinië, Alaska, Sydney. Zijn bezoek aan mij in Praag, vele rondjes golf, mijn eerste biertje bij de tennisclub .... Een hele film draait in een handomdraai door mijn hoofd. Mijn moeder ligt momenteel in het ziekenhuis, en mijn vader ook. Eergisteren viel hij van de trap en brak zijn heup, terwijl ik in de sneeuwstorm op Atatürk Airport landde. Dit is vaak een keerpunt voor 80-plussers, waarbij de dood aan de horizon verschijnt. Ik denk dat hij nu ook klaar is om te sterven. Gisteren heb ik een woning gekocht in Gümüşlük. Ik verkoop geen Tyson stofzuigers meer: ik ben mijn baan kwijtgeraakt. Gescheiden van mijn vrouw. We hebben ons huis verkocht. Ik date verwoed op Starship, momenteel met een vrouw met tennisklasse 1, die vroeger tennis speelde in de Bundesliga. Ben ik weer in een waanvoorstelling? Net als na mijn gesprek met god Heinz, buiten de Messeturm in Frankfurt am Main, komen de tranen dit keer weer. Het komt allemaal samen. Dit

keer regent het echter niet, stralende zon, een roodgloeiende lucht bij de zonsondergang. Dit keer zijn er veel tranen, die stromen tot aan de Egeïsche Zee.
Ik pak mijn mobiele telefoon en google de volgende vlucht naar Nederland. Er is nu maar één ding te doen. Praten met één van mijn belangrijkste menselijke verbindingen: mijn vader. Beste vertrouwenspersoon in de diepste zin en ik hou héél veel van hem, ondanks een levensstijl vol met stewardessen. Ik print mijn e-ticket en begin mijn koffer in te pakken.

De volgende dag kom ik aan in ons leeggeruimde huis in Essen-Kettwig. Nadat begin februari de Marktplaats users de 'Natuurvrienden' bijna alles hebben uitgeruimd is ons huis nu nagenoeg leeg. De notariële overdracht vindt later in mei plaats. Behalve onze hoekbank is de woonkamer helemaal uitgeruimd en dan ligt er nog één matras met een deken in mijn slaapkamer. Verder is het huis totaal leeg, puik werk geleverd! Ondanks het lege huis voel ik geen grote leegte in mezelf. Ik kan me meer en meer vinden in het minimalisme als nieuw geadopteerde levensstijl. Het weer is wat frisser geworden en met de rest van het brandhout maak ik de open haard aan. Oh ja! De laatste blikken verf uit de garage moeten nog naar het grofvuil. Ik kan ze nu in de auto laden en morgen weggooien voordat ik mijn vader bezoek in het ziekenhuis. Ik ga naar buiten, open de garagedeur en begin de verfblikken in de auto te laden.

'Dzień dobry,' hoor ik achter me.

Dit is onmiskenbaar Jancko.

'Dzień dobry,' groet ik terug.

'Dieter Lieve Som,' zegt hij en bedoelt 'Dieter is vrij', akoestisch in correct Latijn.

'Liber Sum,' antwoord ik in het Latijn.

'Wat doet Dieter met verf?'

'Naar het grofvuil.'

'Maar verf is goed, Jancko heeft altijd verf nodig. Kan altijd witte verf gebruiken!'

'Met plezier, dan sjouwen we ze naar jullie toe aan de overkant!'

Het is fijn dat de verf alsnog wordt gebruikt. We steken de straat over met acht halfgevulde blikken witte verf en jullie kunnen wel raden wat er gaat komen.

'Kom Dieter, één wodka op Dieter Lieve Som!'

'Nah, oké,' ga ik er aarzelend op in.

'Twoje zdrowie, Dieter Lieve Som.'

'Twoje zdrowie, Liber Sum.'
Wat zoveel betekent als proost in het Pools met een beetje Latijn erbij. We proosten en het eerste shot wodka belandt in onze maag.
'Mama in het ziekenhuis,' verklaar ik mijn vroege terugkeer uit Turkije.
'Arme Dieter, het spijt me.'
Hop, een blok kaas, gevolgd door een tweede shot wodka.
'Op gezondheid Mama Dieter!'
Hij wenst haar alle gezondheid toe.
'Papa heeft zijn heup gebroken, ook in het ziekenhuis. Ze zijn 20 jaar geleden gescheiden, maar vreemd genoeg liggen ze nu in hetzelfde huis, ... Hetzelfde ziekenhuis, op hetzelfde moment.'
'Oh, mijn God, papa Dieter ook ziekenhuis!'
Hop, een augurk en een derde shot wodka.
Nogmaals, oh mijn God.
'Maar God zal dit niet oplossen,' leg ik mijn atheïstische standpunt uit aan Jancko.
'Ik zal met God praten, met hem wodka drinken en het vragen.'
Volgens de traditie is het nu de beurt aan de Poolse worst en het volgende glas wodka. Hij heft zijn arm op naar God en proost weer in het Pools:

'Twoje zdrowie!'
'Twoje zdrowie!'
Hop, en zo gaat het maar door. Een uur later begin ik weer te wankelen.
'Dieter gaat nu naar huis. Ik moet morgen mijn vader in het ziekenhuis bezoeken.'
'Ja, doe papa de groeten alle gezondheid van Jancko.'
'Pa Pa.'
'Ja papa.'
Jancko neemt afscheid in het Pools, ik spreek mijn papa aan in het Nederlands.
Precies, mijn vader denk ik bij mezelf en maak me ernstig zorgen.
Ik strompel naar huis, beneveld van de Poolse wodka. Kort val ik in slaap op de hoeksofa en word rond 20.00 uur weer wakker. Kort daarna belt mijn oudere zus. Voordat ik het telefoontje aanneem, weet ik al wat er gaat komen.
'Papa is een paar minuten geleden overleden.'
'Was er iemand bij?'
'Nee, er was niemand bij.'
De tranen beginnen weer te rollen.

Een paar dagen later bij de crematie richt ik mijn laatste woorden aan mijn vader:

"Lieve Papa,

We vonden snel je brief aan ons, je kinderen. In volgorde van oud naar jong. Net als bij het schaken, heb je het spel tot de laatste zet doordacht en elke zet zorgvuldig overwogen. De eerste zin van je brief: 'Ik wil de eenvoudigste, goedkoopste ceremonie hebben.' We hebben dit voor je geregeld: een onbewerkte houten kist, de kleinste rouwkaart, 59 stuks wel geteld, 45 plakjes cake, de goedkoopste begrafenisauto en 1 ballonnetje met jouw foto eronder. Verderop op je A4'tje: 'Korte beperkte toespraken graag jullie hoeven me niet de hemel in te prijzen.' Nou ja, een paar complimenten gaan dan wel, dat is nog niet genoeg voor de hemel.

Je laatste week ging in vogelvlucht voorbij. Woensdagavond om 20.00 uur kijken we samen naar de Champions League. Ajax - Real Madrid. Je voorspelling dat dit team hoge ogen gaat gooien, kom dit seizoen uit. Vandaag verliezen ze echter met 1-2 in hun thuiswedstrijd tegen Real Madrid.

'Dan moeten ze het over twee weken in Madrid maar rechtzetten,' vertel je me zelfverzekerd.
Je blijft trouw aan je geloof in dit getalenteerde, jonge team.
De volgende ochtend volgt het typische mannen gesprek aan de keukentafel.
'Je kunt de koffie opwarmen in de magnetron.'
Ik vloek in mezelf, kunnen we ons verse koffie nou echt niet veroorloven?'
Ik voeg een half blikje koffiemelk en 2 eetlepels suiker toe.
'Is je koffie goed?'
'Ja hoor,' mompel ik.
We hebben ons typische vader-zoongesprek. Na drie zinnen in 20 minuten vertrek ik:
'Hou je taai Pa.'
'Ja, jij ook Dieter.'
Op zaterdag zit ik in het vliegtuig naar Istanbul, we landen in een zware sneeuwstorm met hevige turbulentie. Net als de bekwame piloot van Turkish Airlines zou ook jij de machine in deze weersomstandigheden bekwaam en met vaste hand hebben geland.
Zondag bereikt het bericht van je oudste dochter mij. Je hebt je heup gebroken door een val van de wenteltrap. Al snel blijkt dat je organen niet meer

sterk genoeg zijn om een heupoperatie aan te kunnen.

Mijn minimalistische appartement in Bodrum wordt maandag aan mij overgedragen bij de notaris. Tijdens de overdracht bij de notaris bel je mij, wederom het typische mannengesprek.
'Als je me nog een keer wilt zien, kom dan zo snel mogelijk naar huis.'
'Kunnen we je niet naar huis brengen en daar voor je zorgen?' stel ik voor.
'Nee, dat gaat niet meer Dieter,' antwoord je kort en resoluut.
Dinsdag bel je me weer.
Wederom een kort telefoontje, we wisselen twee zinnen uit.
'Ik hou van je Pa.'
'Ja, dat weet ik Dieter.'
Maar net als bij schaken, denk je ver vooruit. Wat weet je nog meer?
Donderdag zal je worden overgebracht naar een hospice. Mijn vader in een hospice, dat is niks voor hem, denk ik bij mezelf. Woensdagochtend mis ik als zoon van een gezagvoerder voor het eerst in 56 jaar mijn vliegtuig. De batterij van mijn mobiele telefoon was leeg.

Fantasierijk en creatief, net als een boek auteur, vind ik toch nog een alternatieve vlucht op dezelfde dag via Atatürk Istanbul Airport en vervolgens van Sabiha Gökcen naar Düsseldorf, inclusief een rit van een uur dwars door Istanbul, de stad met meer dan 20 miljoen inwoners. Daarmee kan ik je 's morgens als eerste bezoeken in het hospice. De vlieger gaat op. Maar ik ben te veel bezig geweest met mijn eigen zetten. En zoals altijd bij schaken, dacht je verder vooruit dan ik. Je zet het eindspel naar je hand. Je leven is voltooid en volbracht. Net na 20.00 uur woensdagavond besluit je te gaan. De cirkel is rond.

Captain Holland: final call for your last and final destination, the Universe. Maar maak je geen zorgen Pa, we zitten achter in het vliegtuig en zullen voor altijd verenigd blijven in ons kleine familie universum."

Buiten in de lucht, laten we een ballon opgaan met een foto van mijn vader in uniform als gezagvoerder met de vier gouden strepen. Meteen zet hij koers richting Schiphol, mee dansend in de richting van de straffe zuidwestenwind. Een paar dagen later verslaat jouw getalenteerde, jonge Ajax-ploeg Real-Madrid in het Bernabeu Stadion. En hoe! Met 1-5 wordt Real Madrid afgedroogd. Waarschijnlijk heb je vanuit het universum meegespeeld en een beetje bijgestuurd. Maar zeg dat alsjeblieft tegen niemand, je mag niet met 12 spelers in het veld staan, dan worden de regels van het elftal gebroken. Mijn vader wilde alleen sterven denk ik. Waarom? Dat is een andere onbeantwoorde vraag.

Als je weet hoe je wilt sterven en wat er daarna met je zal gebeuren, verandert het karakter van sterven. Weten waar je laatste rustplaats zal zijn maakt sterven bewuster. De vraag wat te doen bij het overlijden door een plotseling ongeval zoals door een vliegtuigcrash, kan door Dieter niet worden beantwoord. Wat als het lot of God onverwachts ingrijpen? Zoals altijd zijn er onbeantwoorde vragen. Misschien kan het geloven in de universele energie van God hier een uitweg bieden door onze transformatie terug naar de energie van het licht.

Op zeer jonge leeftijd vormde ik al mijn eerste ego met de jongensdroom om gezagvoerder te worden net zoals mijn vader. Dat is het! Een stewardess aan elke vinger en veel geld verdienen. Dit eerste ego stierf op achttienjarige leeftijd. Achteraf gezien weet ik nu dat dit ego niet zou hebben gepast bij de zuivere aard van mijn persoon. Dieter, met zijn ontembare fantasieën, wilde en creatieve ideeën, een vrijdenker van nature. Waar mogelijk, en passant de wereld ook nog verbeteren. Hoe had hij zich moeten inpassen in de veiligheidsregels van de luchtvaartwereld? Even een paar vliegmanoeuvres uitproberen of de route een beetje verkorten? Als het wereldrecord snelheidsovertredingen in de auto al van mij is, wat zou dat dan in het vliegtuig zijn geworden?

'Lieve passagiers, dit is u gezagvoerder, Dieter Holland, we hebben zojuist de snelheid van het geluid doorbroken en gaan nu een tolvlucht uitproberen'.

Het beroep wordt ook veel te mechanisch gestuurd door veiligheid met een gezet regelwerk. De empathie en psychologie van menselijke verbindingen spelen geen of een ondergeschikte rol. Behalve natuurlijk in bed met de stewardessen, waar de menselijke verbinding letterlijk primair wordt. Ondanks al zijn affaires ben ik apetrots op mijn vader en zijn carrière als gezagvoerder bij een luchtvaartmaatschappij, een fantastische baan voor velen. Hopelijk gaven de stewardessen hem, bij het breken van de huwelijksregels zijn vrijheid zodat hij zijn fantasieën kon uitleven. Maar daar hoef ik me geen zorgen over te maken, ik denk dat hij zou grijnzen als hij dit zou lezen.

Mijn baan, mijn ego, mijn vrouw, ons huis, mijn thuisland en nu ook mijn vader. Het is een behoorlijke hoeveelheid verlies die mijn nieuwe ego Dieter binnen zes maanden moet verteren. En daarvoor al 2.500 Euro niet-aftrekbare Nederlandse bronbelasting plus vooral veel stress en problemen met mevrouw Deppert van het belastingkantoor Essen. Nou ja, dat was een nogal onbeduidend aanloopverlies in vergelijking.

Zoals gezegd is het standpunt van Dieter dat sterven voor veel mensen een gemeden, angstig en weggestopt moment is. Bij voorkeur in de verre, verre toekomst. Je wilt er het liefst nooit aan denken. Misschien kan de dood wel onopgemerkt voorbijgaan. De reis is het doel, is ook één van Dieters belangrijkste levensmotto's. Precies daarom moet men dit laatste moment van de levensreis ook bewust vormgeven en beleven als het lot en God ons dat toestaan. In mijn ontmoetingen met mensen of bij hun sterven, heb ik gehoord en gezien hoe sommigen van ons bewust over sterven nadenken en dit bewust vormgeven.

Voordat de huisarts het overlijden van mijn tante met morfinepleisters inleidde, nam ze een warm bad, luisterde naar haar favoriete klassieke muziek en nam ze afscheid van haar dochters. Ze had een ver gevorderde, uitgezaaide vorm van kanker.

Net als één van mijn dates heeft bepaald in haar wil, zou je je lichaam de bomen in het bos kunnen schenken door je er te laten begraven. Een oprechte, mooie gedachte om in de bomen door te leven en ze je energie te schenken. Deze gedachte kan ook het moment van sterven verrijken als het uiteindelijk daar is.

Of zoals mijn vader, die graag zijn as zou willen laten verspreiden op zijn favoriete plek, onder de boei in het meer, waar hij altijd omheen zwom. Evenzo liet Dieters grootmoeder ons, haar kleinkinderen, haar geest en as in zee uitstrooien. Precies op de plek waar ze altijd in zee zwom.

Misschien rusten op een plek waar familie en dierbaren het altijd fijn hebben gehad en samen kwamen. Of rusten na de dood met geliefde familie op een gemeenschappelijke plaats, het familiegraf.

Ik zou mijn dochter in de ogen willen kijken terwijl ik sterf, zodat we allebei weten dat ik mijn kracht en wijsheid heb doorgegeven op het moment van sterven. Dat is ook de motivatie voor dit boek, 'Een kort telefoontje met God'. Om door te geven wat Dieter in de wereld geleerd heeft. Dat is ook wat er in dit boek gebeurt. Met het laatste hoofdstuk, De Wedergeboorte, zal ook deze rol en het ego van de boek auteur Dieter Holland sterven. Maar het is een waardig en waardevol sterven, Dieter heeft er vrede mee.

Daarna kan Dieter zich volledig concentreren op zijn bestaan of, beter gezegd, op het zuivere Zijn. Van het leven houden en hier zijn voor mijn geliefden op aarde. De tijd als ego in de rol van boek auteur, hoewel tijd niet bestaat in het Nu, was tot dusverre de mooiste periode van mijn leven. Het was volledig vrij. De vrije denker Dieter houdt van deze vrijheid. Zonder te worden beperkt door regels of grenzen, kan hij zijn verbeeldingskracht en ideeën vrijelijk in dit boek laten stromen. De energie en liefde van dit ego waren goed en pasten bij mij. Ze lieten de letters als hagel, sneeuw en regen in een rivier, meer en baai stromen, die daarmee de zee vormden. Het zeewater belandde vervolgens in letters, woorden, alinea's, hoofdstukken en vormde dit boek als op zichzelf. Ik hou van water, maar ook van de bergen waar het water vandaan stroomt. De Gümüşlük baai, waar de bergen aan de zee grenzen, is prachtig! De energie van de zwaartekracht laat het water stromen: dat is ook wat dit boek daadwerkelijk heeft gevormd. Wat zal dan volgen op Dieters' ego als boek auteur? Die toekomst zal ook uit vrijheid worden geboren. Misschien een schrijver? Ik weet nog steeds niet wat het verschil tussen de twee is: boek auteur of schrijver. Zoveel onbeantwoorde vragen zoals altijd.

Sterven is één van de minst geaccepteerde aspecten van het leven. Maar het is een onvermijdbaar deel ervan. Toch zien velen sterven als iets dat los staat van het leven en niet als een integraal onderdeel ervan. We onderdrukken vaak de gedachte aan doodgaan, denken niet bewust aan sterven en ontwijken het als het einde van ons leven. Maar sterven is een onafscheidelijk, met het leven verbonden onderdeel. En net als in de film wil je het einde zo waardig en waardevol mogelijk laten zijn.

Tennismaatjes

Het is weer de tijd van het jaar. Half april staat de invasie op Mallorca weer voor de deur met mijn troep tennismaatjes. Elk jaar, met meer dan 20 in getal, staan deze uitzonderlijke 40+ talenten om 4 uur 's ochtends op en rijden gezamenlijk in taxibusjes van Essen-Kettwig naar het vliegveld van Düsseldorf. In de busjes is het doodstil, de meesten van ons slapen nog diep en als iemand een Beierse of Keulse grap probeert te maken, wordt hij door de anderen doodgezwegen, niemand reageert. Op het vliegveld aangekomen, vloeit na de check-in en veiligheidscontrole het eerste 'gerstesap' met wit schuim. Anders gezegd, een gewoon biertje van de tap waarmee we al wat spraakzamer en luider worden. Andere passagiers schudden hun hoofd en verdraaien hun ogen. Na onze aankomst op het vliegveld van Palma de Mallorca, brengt de bus ons naar Canyamel en helaas beginnen onze vrienden uit Keulen hun clubliedjes te zingen en hun carnavalsgrappen voor te dragen. Om zo te zeggen: Keulenaren en Keulenaren, dom en super dom.
'Speel de "Vogeltanz" nog eens voor ons,' stel ik aan mijn Keulse maatjes voor, die nu in polonaise

door de bus marcheren. De 'Vogeltanz' betekent letterlijk vertaald de vogeldans. De vogeldans bestaat daadwerkelijk in het Nederlands en is een muzikale melodie met dans voor kleine kinderen. 'Ja, laten we de "Vögeltanz" nog een keer doen,' herhalen ze zoals verwacht de mop van onze eerste Mallorca trip. Bij gebruik van de ö, vertaalt de 'Vögeltanz' zich letterlijk in de neukdans. Afgeleid van het Duitse werkwoord 'vögelen', wat zich letterlijk laat vertalen in neuken. De 'neukdans' om het zo te zeggen. Waarschijnlijk wordt het ook deze week weer de mop van de dag.

Geschiedenisboeken kunnen gevuld worden met de verhalen over mijn tennismaatjes. Maar het is beter om die levenservaringen te beperken tot één hoofdstukje. Alleen al de grappen over Nederlanders en de WhatsApp onzin van dit stel 40-plussers, vullen al snel een paar hoofdstukken. Voeg daaraan toe de expliciet pornografische inhoud die bij het begin van onze WhatsApp groep werd gedeeld en de daaraan ten grondslag liggende psychologische problemen die ons daartoe dreven. Dan heb je genoeg materiaal voor een dikke pil. De WhatsApp groep is eigenlijk bedoeld als communicatieplatform voor tennisafspraken, verjaardag wensen en voor het delen van goede grappen. Het is niet bedoeld als 'Dark Web' voor de uitwisseling van dit expliciete beeldmateriaal of als uitlaatklep voor de frustratie van onze langlopende huwelijken. Dit werd in het vroege begin al snel berispt en sindsdien hebben we ons allemaal voorbeeldig gedragen in deze WhatsApp groep. We hebben onze dierlijke ego's in onszelf opgeborgen en zullen er elders een uitlaatklep voor moeten zoeken.

Wederom is het dit jaar geweldig mooi weer in Canyamel met iets meer dan 20 graden. Onder de vreugde van Keulse carnavalsliedjes komen we aan in het hotel en traditiegetrouw volgt er nog een gezamenlijk 'gerstesap' met wit schuim voor ons allemaal als welkom, dit keer een groot biertje. Onze magen moeten ook gevuld worden, het lunchbuffet staat al klaar. Omdat we allemaal, behalve onze trainers, 40+ mannen van respectabele leeftijd zijn, doen we na het buffet eerst een kort middagdutje. Wat een spartaans tenniskamp! Maar dan is het eindelijk zover, en we kleden ons allemaal om in onze nieuwste tennispakken en nemen onze ultramoderne rackets onder de arm. Op één na zijn alle tennisbanen nu vier en een halve dag volgeboekt voor onze uitzonderlijke talenten. Eigenlijk te veel, want op de derde en vierde dag is de helft van de crew uitgeteld en buiten actie: oververmoeid of geblesseerd. Het is echt een zwaar tenniskamp waar het om het overleven gaat. Maar dat is goed voor de omzet van het kleine hutje op de tennisbaan. De homoseksuele barman is vooral blij met onze liefdevolle, mannelijke tennispersonages uit Keulen. Keulen en de inwoners van Keulen hebben hem hier veel te bieden.

Tennis is echt heel leuk. Heerlijk achter die stomme, gele ballen aan rennen vergezeld van een paar flauwe grappen en de slogans van het terras. En dat vier en een halve dag lang, in de mediterrane zon. Plezier met tennismaatjes is simpel, begrijpelijk en éénvoudig. Tijdens de eerste tennisronde om op te warmen sta ik met Franzl op de baan. Zoals zijn naam zegt, hebben we, afhankelijk van zienswijze, ook Oostenrijkers die zijn geëmigreerd of geïmmigreerd. Gewoon je concentreren op die gekke gele bal! Het leidt af van het dagelijkse leven, alleen deze gele bal telt nu, al het andere is vervaagd. Franzl is mijn favoriete tennispartner, hij rent als een huskyhond en stuurt me van links naar rechts en van achteren naar voren over de baan. Franzl vloekt een beetje vandaag, hij heeft ook stress op het werk. Dat heeft iedereen wel eens, de tennisbaan is ideaal als uitlaatklep voor stress. Het enige waar Dieter een hekel aan heeft in tennis zijn de dropshots. Deze lelijke ballen zouden op 40-jarige leeftijd moeten worden verboden vanwege het risico op letsel en overbelasting. Hoewel ik deze Mallorca tour weer een jaartje ouder ben, beweeg ik me zo fit als een gympie. Waar komt deze energie vandaan? Is dit het oude ego van mijn type A, het winnaar type dat herleeft in mij? Of is het de vrijstelling van mijn werk bij Tyson en vooral het verminderde alcoholgebruik, de stopzetting van mijn medicatie en de vele Forrest Gump wandelingen. Met deze energiestroom zou onze bondskanselier de energietransitie kunnen realiseren. 'Wir Schaffen Das,': 'Het Gaat Ons Lukken'. Deze keer wel! Ik ben de grootste fan van onze bondskanselier. Tijdens de vluchtelingencrisis heb ik een keer mijn aanbevelingen gedaan op de website van de bondskanselier. Ze heeft mijn diepe respect en komt authentiek en humaan over. Niet zoals

Heinz, onze mechanische god. 2-6, 5-7, ik heb verloren. Maar dat is oké, ik heb inmiddels geleerd te verliezen en met verlies om te gaan. Een nieuw ego van het type B is in mij ontwaakt. De twee sets tennis deden me goed. Ontspannen en voldaan keren we terug naar het terras en bestellen nog een 'gerstesap' met wit schuim bij onze Spaanse homovriend in het hutje naast de tennisbaan. Hij lacht ons liefdevol toe.

De gesprekken in onze 40+ kudde zijn uniek. Zoals typisch bij mannen praat, zijn onze gesprekken kort en krachtig. Net zoals de uitwisseling van onze oneliners in de WhatsApp 40+ groep, ons communicatieplatform buiten de tennisbaan. Kort voor onze Mallorca trip ontdekten ze dat de Hollander een klein, minimalistisch stulpje in Turkije had gekocht:
'Hé Hollander, ben je er nog?'
'Ja......'
'Hé: ich Deutsche, du Türke,' volgt verrassend genoeg uit Keulse bron.
De lachende 'emoji''s' rollen over mijn iPhone-beeldscherm.
'En je bent nu een Turkse boek auteur? Een Turks boek aan het schrijven?'

Ik besluit een foto van het uitzicht op de Egeïsche Zee terug te sturen, niet wetend wat ik hier op moet zeggen.
'Ja, en?!'
Wederom een nieuwsgierige vraag over mijn levenssituatie van de Keulenaar.
'We gaan zo zwemmen in de Egeïsche Zee, het is hier al boven de 20 graden.'
'Naakt?!'
Nog een hele goede grap, meer een retorische vraag van mijn luidste vriend uit Keulen.
'Ja, met 4 Turkse vrouwen, massage al-inclusief,' probeer ik af te weren met een mislukte grap.
'Ben je daar alleen?'
Is dit de eerste serieuze vraag die wordt gesteld?
'Nee, mijn Poolse maatjes zijn hier ook.'
Ik heb de Bitcoins van de ontslagvergoeding van Tyson gedeeltelijk opnieuw geïnvesteerd en mijn Poolse vrienden naar Turkije gevlogen om een aantal bouwprojecten uit te voeren voor mijn nieuw verworven, minimalistische stulpje.
'Wat?! Wij niet, maar je vermeende Poolse vrienden wel?' caramboleert mijn Keulse tennismaatje. Hij schijnt beledigd te zijn.
Nu rollen de plagende grapjes, beledigingen en gelach over mijn WhatsApp scherm.

'Ja, Jancko, zijn zoon en zijn broer zijn hier. We doen hier een aantal bouwprojecten.'
'Je bent homo geworden, geef het toe!'
De luidruchtigste, beledigde Keulenaar valt opnieuw frontaal aan.
Dat moeten nou bij uitstek de Keulenaren uit de homostad van Duitsland zeggen.
'Nee, homo worden zou ik alleen voor jou doen,' antwoord ik met een kusje erbij.
Nu volgt een 'emoji' met rode wangen en een kusje terug, is dat een vleugje empathie uit Keulen?
'Hier op het balkon drinken we een paar biertjes met augurken, kaas, Turkse worst en daarbij een Turkse wodka: raki. Dat versterkt het billenmaatjes gevoel.'
'Jij en je vriendjes?!'
Nog een retorische vraag van mijn favoriete Keulenaar, zijn beledigde nerd emoties spelen hem weer op.
Ik deel nog een selfie van mij met mijn Poolse kameraden op het balkon. De Turkse Nederlander is weer de mop van de dag, rent als Franzl de huskyhond en blijft de hele dag over mijn iPhone-scherm rollen. Bijna alle meer dan 20 leden van de

groep voegen hun commentaar toe. Onze voorzitter probeert nog in te grijpen:
'Hou toch op met het pesten van onze Turkse Nederlander. Discriminatie is hier niet toegestaan!'
Geen schijn van kans!

Net als de WhatsApp dialogen zijn de kameraadschappelijke dialogen op de tennisbaan typisch voor mannen. Waar deze mannelijke gesprekken van één dag nauwelijks een hoofdstuk op vullen, zouden vrouwengesprekken van één dag gemakkelijk meer dan een boek kunnen vullen. Voor ons mannen is een korte maar krachtige treffer voldoende. Dan volgt na vijf minuten het volgende gezegde en zo vindt een vermeend gesprek plaats. De vrouwen gaan eerst een uur of langer in detail over de betekenis van hun eerste zin, als hun make-up al niet eerder hun gesprek voor de hele dag heeft geconfisqueerd. Toegegeven, ik heb alleen diepgaande, open gesprekken met vrouwen, zoals met mijn dates. Behalve dan met mijn nieuwe Turkse buurman. Onze vrouwen hebben de neiging om dergelijke buddy bijeenkomsten en de bijbehorende gesprekken te veroordelen. Vrouwen en mannen zijn anders gestrikt en Dieter stelt zich steeds de vraag: waren Eva en Adam echt voor elkaar bestemd? Ook deze vraag kan hij niet beantwoorden en wordt toegevoegd aan de lijst met onbeantwoorde vragen. Dit boek is er ook om lezers aan te moedigen zelf na te denken en de dialoog op gang te brengen, ook tussen vrouwen en mannen.

'Hé, ben je er nog? Hallo!', maakt Franzl me wakker uit mijn dagdromerij en gepeins.
'Huh, ... ja ja,' antwoord ik afwezig.
'Proost!'
'Proost!'
We proosten met ons vers getapt witschuimend 'gerstesap'.
'Mooie bal Horst!'
Na vijf minuten, de volgende oneliner:
'loop sneller, ouwe bok!'
Waarmee ook ik me inmeng.
De Keulenaar speelt nu tegen Horst op de tennisbaan voor het terras. Zoals ik al zei, diepgaande buddy gesprekken.
'Tik tok, tik tok, tik tok, ... dan komt de netbal.'

De hoofden van de meer dan 20 tennismaatjes op het terras volgen de gele bal van links naar rechts. Synchroon, zoals bij waterballet. We zouden het kunnen gebruiken om een Tik Tok dans uit te voeren, misschien zelfs een vogeltjesdans, maar fysiek zouden we dan te veel moeten bewegen voor onze respectabele leeftijd.
'Heb jullie dat lekkere ding op de tennisbaan links gezien?!' gooi ik in de groep.
Een schattige jongedame demonstreert haar tennisvaardigheden. Ze draagt een wit tennisrokje en een roze top, die haar bovenlichaam met klem omsluit en vooral haar borsten goed zichtbaar maakt. Speelt ze zonder beha? Haar tepels steken zichtbaar naar voren onder haar topje? Als ze de bal raakt, huppelt ze een beetje, als een ballerina. Daarbij kreunt ze lichtjes en haar roze slipje, passend bij haar shirt, wordt van tijd tot tijd zichtbaar.
Nu blijven alle hoofden vastgenageld op 8 uur naar links staan. Iedereen kijkt weer synchroon in dezelfde richting, maar dit keer zijn de hoofden in de richting van het hete ding vastgespijkerd. Ze doet me denken aan mijn date met een 40-jarige jongedame met tennisklasse 1.
'Niet slecht!'

Enkele positieve commentaren en beoordelingen volgen en roestige jagersinstincten worden losgemaakt.

Niet alleen onze ogen, maar ook onze pijlen worden op het doelwit gericht. Blond, begin jaren dertig, diep decolleté en een kort rokje. Zoals ik me mijn psycholoog in mijn fantasieën had voorgesteld, zo ziet ze eruit. De tennistrainer speelt de ballen netjes toe.

'Precies, precies, ga door zo!' looft de trainer haar. Bij zijn lofzang springt ze nog hoger en kreunt ze een nog een beetje harder. Doet ze hetzelfde in bed? Precies, precies, ga door zo?! Waarschijnlijk hebben meer dan 20 tennismaatjes inmiddels soortgelijke gedachten. Als op een statische foto staan alle meer dan 20 koppen nog steeds volledig ingevroren naar links. Is dit wat de Keulenaren bedoelen met 'kaaskoppen' als ze het over Nederlanders hebben? Ons gesprek van oneliners staat even stil.

'Gaan zij straks neuken in de keuken?', grapt mijn lievelingskeulenaar in gebroken Nederlands.

De alcohol begint te werken, de gesprekken worden nu dieper en dieper. Misschien moet ik mijn boek vergeten en tennistrainer worden op

Mallorca. Ik zou wel eens zulke frisse jongedames willen trainen.

'Met Gnabry en Sané heeft Bayern dit seizoen weer twee toptalenten,' probeer ik het onderwerp te veranderen.

Dit gestaar naar de tennisbaan links wordt langzaam pijnlijk.

'Bayern is een saaie ploeg,' beweert een koningsblauwe kameraad met wortels in de regio van Schalke 04, het roergebied.

Bayern versloeg gisteren Schalke 04 met 8-0. Bayern heeft dit seizoen weer goede kaarten als potentiële Champions League winnaar.

'Met deze twee topspelers in de aanvalslinie wordt Duitsland weer wereldkampioen op het volgende WK,' uit ik mijn voorspelling.

Ik ben enthousiast over deze twee uitzonderlijke talenten.

'Is Nederland er deze keer weer niet in geslaagd om zich te kwalificeren?!' volgt nog een kleine, flauwe belediging uit Keulse hoek.

Het is inmiddels vier uur, het eerste dienblad met Túnel wordt nu geserveerd, Túnel is de raki of wodka van Mallorca en is er in twee versies: groen en bruin. Hup, éénmaal bruin. Hup, éénmaal groen. Zo gaat het door tot ik zwart voor mijn ogen zie. Groen en bruin spul is de codenaam waaronder we dit bestellen binnen onze groep. Het leven is goed: Túnel, we volgen de live-tikker van de Bundesliga op onze smartphones en kijken weer op de tennisbaan links waar de net 30-jarige jongedame nu genomen wordt door haar tennistrainer, althans in onze fantasie dan. Oneliners, flauwe grappen, Bundesliga commentaar en mannelijke erotische fantasieën strekken zich uit tot na zonsondergang op het kleine terras voor het homo hutje. We stoppen hier ter plekke, anders lezen vrouwen Dieters' boek niet meer uit. Maar zoals iedereen kan zien, voeren wij mannen authentieke, oprechte gesprekken over wat we zien, denken, voelen en weten. De details zijn voor ons onbelangrijker, die laten we aan de vrouwen over.

Hoewel onze gesprekken niet altijd in detail gaan of veel diepgang hebben, is het simpele buddy samenzijn een menselijke verbinding met onuitgesproken empathie. Soms zijn begrijpende blikken en treffende uitspraken voldoende. Niet alles moet de hele tijd worden uitgesproken. Dit samenzijn is van grote waarde voor mij. Deze troep is uniek. Ik ben al meer dan 20 jaar lid van deze groep. We zullen van deze troep tennismaatjes blijven genieten en de ziel van deze groep koesteren. Zelfs ook al wordt de inhoud zo nu en dan een beetje plat, vrouwonvriendelijk of patriarchaal. Maar dat is ook waar deze gemeenschap voor is, zodat onze ego's hun domme mannelijke frustratie kwijt kunnen en thuis weer de dierbare, zorgzame en heilige vaders kunnen zijn. Ik kan mijn wortels niet afsnijden van deze gemeenschap, en zal ze tot aan mijn laatste dagen onderhouden en koesteren.

Starshipping

Dieter begon een paar maanden geleden al te daten toen er reuring in zijn leven kwam. Niet alleen vanuit het oogpunt van werk, maar ook vanuit een relatieperspectief heeft Dieter hiertoe nu alle vrijheid. Hij zou deze vrijheid graag willen benutten om rond te kijken en onderzoeken of hij op 56-jarige leeftijd weer verliefd kan worden. 30 jaar geleden werd zijn vader op ongeveer dezelfde leeftijd weer verliefd. Als jonge man midden in de twintig begreep Dieter daar destijds niets van. Hoe kun je midden in de vijftig weer opnieuw verliefd worden? Nu lijkt dit echter de belangrijkste vraag in Dieters' eigen leven te zijn, omdat hij graag zijn levenservaringen wil delen en samen met iemand anders de toekomst wil vormgeven. Misschien kun je ook nog wel weer eens seks hebben, zelfs op 56-jarige leeftijd. Wie weet? Zijn toekomst is nu een blanco vel papier. Hij zou graag samen met een empathische vrouw een paar hoofdstukken van zijn toekomst schrijven.

Omdat ik te oud ben en niet het type voor vleesmarkten zoals discotheken en clubs, is een internet datingplatform het aangewezen alternatief voor mensen op mijn leeftijd. Uitgebreid onderzoek ligt natuurlijk ten grondslag aan mijn keuze voor het meest geschikte internet dating platform. Tinder werd al snel afgeschoten in het selectieproces: te oppervlakkig en meer voor jongeren die afgaan op uiterlijk en attractiviteit. Van de drie overgebleven platforms was Starship duidelijk nummer één. Parship kwam op twee, maar Starship lag een neuslengte voor. Net als op de markt voor stofzuigers, waar Tyson op Dyson een neuslengte voor ligt. Deze datingplatforms hebben een vernuftige aanpak, wat de kans op het vinden van een geschikte levenspartner aanzienlijk vergroot. Elke dating kandidaat beantwoordt lijsten met vragen over persoonlijkheid, hobby's, levenswaarden en levensperspectieven voor het maken van zijn profiel. Daarnaast schrijf je ook persoonlijke informatie die één op één zichtbaar is in het profiel. Met algoritmen worden 'Wij Passen Bij Elkaar' punten berekend en op basis daarvan worden dates voorgesteld. Hoe hoger de puntenscore tussen twee datingkandidaten, hoe groter de kans op succes voor een duurzame relatie. Ligt het aantal 'Wij Passen Bij Elkaar' punten hoger dan 200, dan heb je de ware in het leven gevonden.

Voor het eerst in mijn leven neem ik de tijd om eerlijk vragenlijsten over mezelf te beantwoorden. Zorgvuldig overleg ik de beantwoording van de vragen die direct op de eerste profiel pagina worden getoond.

'Wat is je levensmotto?'

'We moeten allemaal bijdragen aan het beschermen en herstellen van een uitgebalanceerde natuur op onze moeder aarde, zodat onze kinderen in de toekomst in een betere wereld leven.'

'Welke persoon zou je graag willen ontmoeten?'

'Angela Merkel, ze leidt met empathie in een wereld waarin machomannen proberen te intimideren met hun ego en niets gedaan krijgen. "Wir Schaffen Das", Angie!'

'Wie is de belangrijkste persoon in je leven?'

'Mijn dochter.'

'Welke plek vind jij het fijnst?'

'Gümüşlük, Mallorca, Yalikavak, thuis.'

En zo volgen nog meer profiel vragen.

Je kunt ze het beste direct en eerlijk beantwoorden. Als je hier onjuiste informatie weergeeft, werkt dat averechts als een boemerang, in de vorm van mislukte dates. Dan, na twee uur hard werken, druk je op de creëer profiel knop en ga je aan de slag!

De eerste succesvolle contacten zijn erg spannend en vooral het moment waarop je onderling foto's deelt. Uiteraard zoeken beide kandidaten bevestiging in de eerste contactuitwisseling. De profielbeschrijving geeft een goede eerste indruk of een kandidaat zou kunnen passen. Ik heb onderschat dat je intuïtief toch veel op de foto's let om in te schatten of er een match is of niet. Liefde op het eerste gezicht?!

Verrassend genoeg waren er bepaalde beroepen die altijd met een hoog aantal punten op de 'Wij Passen Bij Elkaar' schaal naar voren kwamen. Dan was de chemie ook beter bij het leggen van de eerste contacten. Leraren, ondernemers en veel doktors waren voorbestemd om met Dieter te gaan daten en kwamen veelvuldig voor op zijn lijst van aanbevolen dating kandidaten met hoge 'Wij Passen Bij Elkaar' punten. Toch moet je je eerste ervaring opdoen en van je fouten leren net zoals in de rest van het leven.

'Waar ben je allemaal geweest op Mallorca?', vraagt de Lufthansa stewardess.

Een langere lijst met plaatsen op Mallorca volgt in mijn antwoord. Natuurlijk kent ze ook enkele van deze plekken op Mallorca, wat een toeval! Een stewardess, dat is waar mijn vader zo vaak faalde.

'Speel je vaak golf?'

En nog een paar bevestigingsvragen volgen in onze uitwisseling. De vraag: 'Hé, zullen we afspreken? Het is veel gemakkelijker om elkaar dan te spreken en je voelt meteen of de chemie er is of niet,' kwam verrassend snel.

Haar foto's zagen er erg aantrekkelijk uit dus: 'Ja, waarom niet.'

Tekst ik terug.

Mijn eerste internet date op 56-jarige leeftijd is gemaakt. Na het uitwisselen van onze mobiele nummers volgen de logistieke gegevens per WhatsApp.

'Past morgen voor jou?'

'Ja, morgen komt goed uit. Tien uur aan de oever van de Roer, in Essen-Kettwig onder de brug.'

Ze had gelijk, je voelt meestal meteen of de chemie klopt. Op het eerste gezicht merk ik bij onze date al binnen een fractie van een seconde dat de chemie er nooit zal zijn tussen ons. Beleefd zoals Dieter is, wandelen we samen twee uur, keuvelen en drinken koffie op een terrasje. Na de date heb ik haar zo zorgvuldig mogelijk via een WhatsApp uitgelegd dat wij onze toekomst niet samen gaan vormgeven.

Dit is hoe je leert en binnen de kortste tijd gebruik je het Starshipping platform langer om meer dan alleen aan de oppervlakte te schrapen voordat je naar WhatsApp overgaat voor de datum en logistiek van de date. Dit langere voortraject, zoals bij het voorspel in de erotiek, is een kleine tip van Dieter: het vergroot zeker de kans op een blijvende, bevredigende date die kan uitmonden in een duurzame relatie. Volgende tip: leg niet te veel contacten. Dieter had uiteindelijk meer dan 50 contacten en zag door deze vele bomen het bos niet meer. Nou ja, als je Sales Manager Tyson Stofzuigers in je profiel hebt staan als je beroep, trekt dat natuurlijk automatisch veel vrouwelijk verkeer aan. De stofzuigers van Tyson hebben een sterk, onderbewust erotisch effect op vrouwen. Door de vele contacten werden sommige contacten verwaarloosd, daar heeft niemand baat bij. Daarom is het beter om niet meer dan tien contacten tegelijk te hebben. Neem dan liever eerlijk afscheid als je meer dan tien actieve contacten hebt.

Bij mijn tweede date met een psycholoog heb ik de geleerde lessen toegepast. Deze keer paste haar uiterlijk bij mijn fantasie: jong, begin 40, blond, opgestoken haar, een paar lokken en een diep decolleté. De chemie is er op het eerste gezicht. We spreken af op dezelfde plaats onder de brug in Essen-Kettwig. Op het eerste gezicht ziet ze er aantrekkelijk, empathisch en zelfs erotisch uit. Een auto vol rommel, een beetje te laat met een vleugje chaos.

'Elke dwaas kan complexiteit bedenken, maar er is een genie voor nodig om de eenvoud te bewaren,' denkt Dieter met een grijns.

Dit is één van zijn levensmotto's uit de chaostheorie. Misschien heeft de psycholoog zelf een psycholoog nodig om wat op te ruimen. Die rol wil Dieter graag bij haar spelen. Haar hond, Walnut, of kortweg Wally, is er ook bij. Zoals het psychologen betaamt, wordt Wally verondersteld zonder riem en uit eigen vrije wil mee te lopen. Maar bij elk teefje dat Wally ziet, kan hij zijn hormonen niet in bedwang houden en sprint weg om zich voort te planten.

'Wally hier, waar ben je, kom hier, ... Wally!', roept ze dan weer.

Zal ze mij later ook zo roepen? Stof voor een binnenpretje. Wie is eigenlijk de baas van deze twee, Wally of mijn psycholoog? We lopen achter Wally aan, en bij deze date zie ik uithoeken van Essen-Kettwig die ik nog nooit eerder heb gezien. Zo nu en dan maakt ze haar lippen nat met haar tong, en ik had de onweerstaanbare behoefte haar ter plekke te kussen. Maar dat zou het onmiddellijke einde van de date zijn, vermoed ik. Dus houd ik me in. We nemen afscheid met een warme knuffel en spreken af om de volgende date in Essen-Kettwig uit eten te gaan. Opnieuw vraag ik me af of ik haar diep in de ogen moet kijken en haar spontaan moet kussen. Te vroeg, denk ik, dat zou alles verpesten. Of de angst wint hier onbewust. De angst om gekwetst of teleurgesteld te worden door een afgewezen verlangen naar een spontaan seksueel avontuur. Helaas komt de volgende date met mijn psycholoog niet tot stand. De psycholoog kijkt niet alleen naar de innerlijke vrije wil en de innerlijke instincten, maar ook of de waarden van het leven en het toekomstperspectief bij elkaar passen. Misschien waren mijn geliefde Turkije en haar geliefde Frankrijk te ver uit elkaar? Maar dat is te overbruggen, toch?

Of was de psycholoog ook beïnvloed door onbewuste angst?

Zoals het spreekwoordelijke gezegde in Holland aanduidt, is de derde keer scheepsrecht. Weer een paar stapjes terug, duik ik weer onder in het Starshipping platform om hernieuwd te zoeken en contact te leggen met een geschikte partner. Ik ben nu meer gewend om verliezen te accepteren en te verwerken. Mijn derde date is een dokter, een huisarts, uit Keulen. Ze runt een groepspraktijk in een gezondheidscentrum waar specialisten uit verschillende vakgebieden onder één dak zijn samengebracht. Erg handig voor patiënten. Met inwoners van Keulen ben ik echter een beetje voorzichtig geworden, door de ervaringen met mijn tennismaatjes. Maar na uitgebreide communicatie op het Starshipping platform gaan we over naar WhatsApp en nu zit ik in de auto naar de Dom van Keulen waar we elkaar voor het eerst zullen ontmoeten. In een gezellige Keulse kroeg loopt het gesprek als vanzelf, de communicatie is vloeiend en we delen hetzelfde gevoel voor humor. Daarna maken we een korte wandeling langs de Rijn. Het is ons duidelijk dat we elkaar weer zullen ontmoeten. In totaal, ontmoeten we elkaar meer dan vijf keer, soms thuis in Essen-Kettwig, soms uit in Keulen. Ze nodigt me twee keer uit om thuis te komen eten en kookt met liefde voor me. Die éne keer waren we misschien heel dichtbij?

'Wil je nog een glas wijn Dieter?'

'Graag, de wijn is heerlijk!'

Mijn ogen vallen op haar Tyson stofzuiger, die in de hoek van de woonkamer staat. Ze heeft ook een Tyson uit de Titanic serie. Toeval of niet, mijn gedachten keren terug naar de zomerdag waarop ik het eerste Tyson Titanic model verkocht aan Michelle, mijn oudste klant uit Bloemendaal. Nieuw in de Titanic serie was de 'Reverse' modus, die niet alleen lucht zuigt maar ook lucht blaast. Je kunt het gebruiken om het stof los te maken en het weg te blazen in kleine, stoffige, vuile hoekjes die moeilijk toegankelijk zijn. Vervolgens zuig je het op in de normale zuigmodus. Michelle is al jaren weduwe en heeft veel geërfd, ze is financieel binnen.

'Hallo Michelle, hoe gaat het?'

'Goed Dieter, kom binnen. Heb je het nieuwe Titanic model bij je om uit te proberen?'

Ze kijkt me nadrukkelijk en diep in de ogen aan terwijl ze haar lippen lichtjes bevochtigd met haar tong. Bij Michelle heb ik tijdens mijn klantbezoeken al meerdere keren erotische spanning gevoeld. Vandaag is een warme, zonnige dag, iets boven de 20 graden. Dit keer is Michelle ondeugend erotisch gekleed. Bij het openen van de voordeur, drukte de wind haar witzijden, korte jurkje op haar lichaam en de contouren van haar stevige borsten werden onmiddellijk zichtbaar. Geen BH merkte ik meteen op. Haar tepels leken een beetje tegen de wind in te staan en begroetten me uitnodigend.

'Ja zeker, ik heb het Tyson Titanic proefmodel bij me voor een proefritje.'

Ze draait zich om en leidt me naar de woonkamer. Haar zijden jurk is ietwat transparant, en ik zie direct de contouren van achteren en zie dat ze alleen een oranje of roze T-string onder haar witte jurk draagt. Dat staat goed bij haar lange zwarte haar, concludeer ik. De geur van een mysterieuze parfum omgeeft haar. Ze windt me op en ik voel de toenemende bloedcirculatie in mijn onderbroek.

'Thee Dieter?'

'Ja graag Michelle.'

Mozarts Requiem speelt op de achtergrond, mist ze haar man?

Ik pak de Tyson Titanic uit en maak hem klaar voor gebruik. Twee minuten later komt ze binnen met twee kopjes groene thee. Wat een lekker ding is ze toch!

Ze gaat op de bank zitten en ik kan het niet laten om in haar diepe decolleté te staren. Stevige borsten die mooi naar voren staan. Mijn blik dwaalt naar de binnenkant van haar dijen. Ze staan een beetje open, maar net voordat het nog spannender wordt, begint haar jurkje. Ze kijkt me weer begripvol en grondig aan. Het voelt alsof ze dwars door me heen kijkt en ik van glas ben.

'Lekker warm vandaag hè?'

Ze lacht een beetje erotisch naar me.

Wat zou ik haar graag een keer willen tongzoenen. Zoals altijd sta ik tijdens klantbezoeken voor mijn klanten, zodat ik het laatste Tyson model kan demonstreren.

'Kun je mij je nieuwe Tyson Titanic laten zien, Dieter?!'

Ze opent haar benen iets wijder. Onweerstaanbaar, als een magneet, kijk ik weer. De T-string is licht oranje, ik kan nu een klein stukje stof onderscheiden van haar slipje. Mijn penis blijft aanzwellen.

'Ja, dan begin ik maar,' stamel ik wat onhandig.

'Begin maar met *je* ......, sorry, *de* stofzuigerstang en zijn reverse stand, dat interesseert me enorm.'
Mijn lustgevoelens moet ik nu onderdrukken.
Ik zet de Tyson aan en laat haar de reverse modus schakelaar op de stofzuigerstang zien. Ze leunt een beetje naar voren om het beter te kunnen zien. Opnieuw glijdt mijn blik af naar haar decolleté en haar zijden jurkje. Haar tepels lijken me nog steeds een beetje opgewonden. Blijf gefocust Dieter en laat Michelle nu de reverse modus zien, dit loopt uit de hand.
'Voel maar hoe de Titanic niet zuigt maar blaast.'
Ze houdt haar hand voor de stofzuigerstang in de blazende warme lucht.
'Mag ik zelf proberen,' vraagt ze.
'Natuurlijk probeer maar uit!'
Eerst leidt ze de blazende lucht over haar hand, maar dan gaat ze omhoog over haar armen en blaast haar donkere, lange haren naar achteren zoals bij een föhn. Ik kan deze blik niet weerstaan.
'Dat is een heerlijke, warme, zachte luchtmassage.'
'Ja, de reverse modus is heel veelzijdig,' ga ik in op haar fantasie.
Zonder inlevingsvermogen verkoop je geen enkele stofzuiger. Oh mijn god, zoals ik al

vreesde, brengt ze de stofzuigerstang langzaam naar beneden en richt hem op haar torso. Met gesloten ogen cirkelt ze langzaam heen en weer rond haar boezem met de warme lucht. De contouren van haar borsten zijn kristalhelder, haar tepels zijn volledig opgewonden en staan recht op onder haar zijden jurkje. Ze kreunt een beetje. Mijn erectie kan ik niet meer tegengehouden en is nu volledig zichtbaar in mijn broek. Ze doet haar ogen weer open, buigt iets voorover en begint mijn penis te masseren. Op zijn laatst ben ik nu verloren. Waarschijnlijk al veel eerder bij het eerste aanhoudende oogcontact had ik mij al verloren in haar, besefte ik achteraf.

'En je hebt zo'n mooie stofzuigerstang Dieter, hard als staal,' kreunt ze.

Onze Tyson Titanic heeft een stang van titanium, maar ze bedoelt deze keer waarschijnlijk de stang in mijn broek. In ieder geval zuigt ze nu iets anders in reverse modus.

De Tyson stofzuigerstang heeft ze nu nog verder naar beneden gericht, tussen haar dijen, en blaast haar witte jurk omhoog. Ze heeft haar benen wijd gespreid en de warme, blazende lucht maakt de contouren van haar vagina duidelijk zichtbaar in driedimensionale HD-kwaliteit. De natte gleuf van haar vagina is af te lezen in haar oranje slipje dat een beetje donkerder is rondom haar vochtige vagina. Ze kreunt regelmatiger en blijft mijn penis masseren. Ik kan mijn lustgevoelens niet meer bedwingen en kreun ook een beetje. Haar verleiding is onweerstaanbaar. Ik wil met mijn penis in haar warme, natte vagina zijn. Ze neemt haar vrije hand en masseert nu haar vagina over haar T-string. De donkere, vochtige plek groeit. Mijn penis produceert ook voorvocht en is nat. We kijken elkaar diep en wellustig in de ogen en blijven synchroon kreunen.

Ze legt de stofzuigerstang opzij en trekt haar jurkje met één ruk uit. Mijn penis was al zo hard als staal en nu lijkt hij nog verder te groeien bij het zien van haar naakte rondingen: boezem, heupen en dijen. Tussen haar dijen, het volledig natte slipje dat in de sappige gleuf van haar vagina kleeft. Behendig trekt ze mijn broek en onderbroek uit en mijn penis springt naar voren in haar gezicht. Michelle begint mijn penis met twee handen te masseren en met haar volle lippen en tong masseert ze de kop van mijn penis. Ik kan mijn orgasme bijna niet bedwingen, maar ik wil langer van dit erotische avontuur genieten en Michelle eerst een gewelddadig orgasme bezorgen.

'Al zo lang fantaseer ik over ons erotische avontuur, Dieter!'

'Dat weet ik Michelle, laat me nu in je binnenkomen!'

Ze doet ook haar T-string uit.

Het vlees aan de binnenkant van haar vagina blinkt ook roze, van het vocht. Haar vagina lippen zijn lichtjes geopend en nodigen uit. Ik kniel voor Michelle neer en masseer haar vagina en clitoris met mijn tong en lippen.

'Oh Dieter, steek je stofzuigerstang in mijn natte kut!' kreunt ze en blijft haar fantasie uitleven.

Ze pakt mijn penis, trekt me naar zich toe en steekt hem in haar vagina.

'O mijn God, is dat goddelijk!'

Voor één keer spreekt ook Dieter met een kreun God aan en hij begint deze spreuk langzaam te begrijpen.

Gevoelens van macht en bezit verspreiden zich onbewust. Ik dring diep door in Michelle. Ik ga verder op in het ritme van de zee branding en het requiem van Mozart. We kijken elkaar met wellust aan en zijn verdwaald in onze erotische fantasie en dit avontuur. Michelles lichaam begint heftig te trillen en ik voel hoe ze een emotioneel, intens orgasme krijgt. Tegelijkertijd krijg ik mijn orgasme en spuit haar cut vol met mijn sperma. Haar tepels staan nog stijf overeind en we blijven elkaar lustvol in de ogen aankijken. In de tweede ronde gaat Tuba Mirum van Mozarts Requiem op de achtergrond verder.

'Hallo Dieter, hallo, smaakt de wijn goed?!'

'Huh?'

'Zeg hallo, ben je er nog? Waar was je in gedachten,' vraagt mijn huisarts date nieuwsgierig met vraagtekens in haar ogen.

Weer op heterdaad betrapt, zoals bij mijn psycholoog, bloos ik en vraag me af of ik haar moet kussen. Ze maakt haar lippen een beetje nat met haar tong. Mijn fantasie is echter nog steeds bij Michelle en niet voldoende hier aanwezig bij mijn doktersafspraakje. Ik voel de erotiek nog niet en ben er niet klaar voor. Misschien ben ik inmiddels wel te oud. Het avontuur met Michelle is al lang geleden.

Alles was voorhanden op deze derde date, behalve die erotische aantrekkingskracht. Waarom was de erotische chemie er dan niet? Of kun je die bewust ontwikkelen? Als communicatie, empathie en humor voorhanden zijn, zou dit moeten werken. Maar op de één of andere manier sprong er geen erotische vonk over die me deed ontbranden.

Nog één keer wil ik daten en toch Tinder uitproberen. Gewoon naar rechts 'swipen' als de foto's van een datingvoorstel op het eerste gezicht in de smaak vallen. Meer hoef je niet te doen. In eerste instantie is het de gratis Tinder versie die ik gebruik. Maar met Tinder Gold kun je zien wie je 'leuk' vindt. Je kan dan door die dating kandidaten heen bladeren en met je eigen 'like' direct een match tot stand laten komen. Het gaat me te langzaam en op een gegeven moment, uit nieuwsgierigheid of ongeduld, besluit ik Tinder Gold aan te zetten. Meer dan 300 vrouwen hebben me inmiddels 'geliked' en me naar rechts 'geswiped'. Ik veeg twee uur lang achter elkaar naar rechts en met name naar links op mijn smartphone beeldscherm. Uiteindelijk kwamen er slechts drie matches tot stand waarbij ik wederzijdse interesse toonde. Het aantal treffers bij Starship was aanzienlijk hoger. Met één date ben ik al snel onderweg in WhatsApp en onze lange chat groeit gestaag met wederzijdse interesse en nieuwsgierigheid. Na twee weken vruchtbaar Whatsappen, spreken we af bij de vuurtoren op het strand in Noordwijk aan Zee.

Net als bij mijn eerste Starship date, wist ik direct toen ik haar voor het eerst op afstand zag, dat er geen erotische chemie tussen ons zou gaan ontstaan. Is dat het natuurlijke instinct van de mannelijke jager? Zoals ook bij de Starship date, breng ik weer beleefd twee uur samen door met een mooie strandwandeling en een fles witte wijn bij de strandtent.

Bij zowel de eerste Starship date alsook deze laatste Tinder date, eindig ik met hetzelfde resultaat. De cirkel is weer rond. Het tijdperk van het daten is voorbij. Dieter de dating dokter stopt ermee en beëindigt al zijn dating activiteiten met onmiddellijke ingang.

Dieter heeft lang nagedacht of hij de expliciete, erotische scène met Michelle in zijn boek moest opnemen. Erotiek en seks spelen volgens hem een centrale rol in menselijke relaties en verbindingen. Het is belangrijk dat mensen erotisch fantaseren en hun fantasie leren leven binnen de wettelijke grenzen. Waarheid, natte droom of fantasie, misschien wordt Dieters erotische avontuur als saai, beledigend, vulgair of grappig ervaren. Fantasieën zijn heel persoonlijk, vooral de erotische. Dieters' fantasie is bedoeld als een stimulans zodat iedereen zijn erotische fantasieën laat groeien, tot uitdrukking laat komen en ervaart, als de interpersoonlijke chemie klopt.

De datingswereld is net zoals onze droomwereld. Angsten en verlangens spelen een drijvende rol. De angst om opnieuw gekwetst te worden of de angst om te verliezen. Het verlangen naar bevestiging. Maar bovenal, in ieder geval voor Dieter, het verlangen naar gepassioneerde, blijvende liefde met spannende erotiek als basis. Daarnaast, passende waarden, humor, empathie en chemie in de communicatie. Bestaat zo'n date überhaupt? Of jaag ik een Fata Morgana na? Voor Dieter was het daten niet succesvol. Als je verlangt naar een vaste relatie, raadt Dieter je toch de weg via de internet datingplatforms aan. Zeker als je niet zoveel kans hebt om spontaan een nieuwe partner in het leven te vinden. Natuurlijk is tijdens deze tijd van Corona het internet ook veiliger om aan de slag te gaan dan een hete en bezwete discoclub. Oh ja, dat was ik weer even vergeten: het Corona tijdperk is nog niet aangebroken en komt pas later aanbod. Dit was dan de laatste tip van Dieter de dating dokter zodat we dit hoofdstuk kunnen gaan afsluiten.

Het daten is meestal een gerichte manier om nieuwe, duurzame, menselijke verbindingen tot stand te brengen. Bij voorkeur, zoals ze zeggen bij het trouwen: tot de dood ons scheidt. Dieter zegt liever: tot ons laatste moment, het sterven, nadert. Maar je moet nooit vergeten dat ook al zal deze bestemming onvermijdelijk en met zekerheid aan de horizon verschijnen, we elk moment van de reis daarvoor in vol bewustzijn moeten ervaren en genieten. Het mag niet bestaan uit een serie angstige momenten om de ander te verliezen. In plaats daarvan alle momenten in het Nu samen beleven, de reis van het leven. Alert, waakzaam, zorgzaam, liefdevol, plezierig, wellustig en meer. Elk moment in vol bewustzijn beleven.

Sommige dates zijn niet op zoek naar een langdurige relatie, maar willen erotische avonturen beleven. Zoals Dieters avontuur met Michelle. Zelfs als het avontuur niet bewust bedoeld was om blijvend te zijn, drukken dergelijke seksuele avonturen de meest intense fysieke band tussen mensen uit: liefde. Liefde is de belangrijkste energiekracht waarmee we onze angsten kunnen overwinnen.

Het Buurmeisje

Het is kort voordat ik terugga naar Turkije als ik Claudia ontmoet, het vroegere buurmeisje van mijn vader. Ze is de dochter van de buurvrouw, ook haar vader is een paar jaar geleden overleden. Het buurmeisje is inmiddels volwassen, heeft drie kinderen, ze is lerares aan een basisschool, 50 jaar oud en is al tien jaar gescheiden. In mijn Starshipping tijdperk had ik ongeveer tien dates. Maar nooit met een lerares. Al waren er onder mijn contacten op het Starshipping platform veel leraressen die vaak hoge ogen gooiden met de 'Wij Pasen Bij Elkaar' punten.

Misschien was het deze ervaring uit mijn jeugd die me terughoudend en voorzichtig maakte met leraressen.
Deze ervaring gaat ver terug tot mijn jeugd vóór de puberteit. Bij mijn juf moest ik altijd nablijven. Ze vroeg me dan altijd onder haar rok tussen haar benen kijken. Dan zag ik haar witte slipje met een natte donkere vlek in een lange, smalle vorm en ze betastte die met haar handen. Ze kreunde er een beetje bij. Vervolgens vroeg ze me dan om in mijn onderbroek te plassen en zij deed hetzelfde.

'Trek je onderbroekje maar uit.'

Daarna volgde altijd een soortgelijke routine en keek ze me met rode, blozende wangen aan.

We wisselden onze onderbroeken uit en staken onze neuzen erin. Als ik niet meespeelde, zou ik slechte cijfers op mijn rapport krijgen. Wat volgde, was haar zweepje, dat ze uit haar kleine rugzak haalde. Hoewel ik deed wat ze zei, werd ik toch gestraft en stak ze een stokje in mijn kont.

De vergelijkbare routine in kleine variaties vond meerdere keren plaats tijdens het nablijven. Ik hou er niet van om over deze ervaring in mijn leven te schrijven of te vertellen. Maar de ervaring zit in mij en is deel van mij. Ik draag het in me. Heeft deze levenservaring mij onbewust terughoudend gemaakt om met leraressen om te gaan? Inmiddels heb ik dit mentaal verwerkt, geloof ik. Ook dit weet ik niet zeker.

Misschien kan ik deze levenservaring later met Claudia delen. Niemand in de wereld kent dit kleine geheimpje. Maar als ik het met haar deel, dan pas veel later. Vandaag wil ik voor het eerst met een lerares afspreken, zonder enig vooroordeel.

Claudia ervoer ook het verlies van haar vader, het verlies van haar baan en de scheiding in een zeer korte tijdspanne. Dezelfde verliezen als Dieter. Daarom koppelde mijn jongere zus ons aan elkaar en wisselde onze contactgegevens uit via WhatsApp. Op dat moment had ik het echter te druk met verwoede date pogingen via Starship en liet ik de Whatsapp van mijn zus onbeantwoord voorbijgaan. Een soort verwerkingssessie voor mijn verliezen is niet mijn doel bij het ontmoeten van vrouwen. Als je een vrouw ontmoet, dan voor de lol, romantiek en meer. Claudia woont ook in Leimuiden en heeft een kleine zeilboot, een Valk, die bij haar moeder aan de steiger ligt. En op de dag dat we de as van mijn vader in het meer uitstrooien, waar mijn vader dagelijks om de boei zwom, is ze van plan om met haar kinderen uit te varen.

Net als mijn vader zwem ik naar de boei en zitten mijn moeder, mijn zussen en Evita in het fluisterbootje. Mijn grote zus is de kapitein, zoals altijd. Het was de wens van mijn vader dat zijn as en zijn ziel bij de boei zouden worden verspreid. Als een zeehond op mijn rug zwem ik voorzichtig met de urn op mijn buik naar de boei. De

fluisterboot is iets sneller en als hij aankomt dringt mijn kleine zusje aan:
'Doe het snel nu, anders worden we op heterdaad betrapt.'
'Het moet op de juiste plek worden uitgestrooid en het waait best wel hard,' leg ik mijn langzame maar zorgvuldige handelswijze uit.
Terwijl we de as van mijn grootmoeder in zee uitstrooiden, danste haar geest woest over de zee. Haar as werd wijdverbreid en blies gedeeltelijk terug in onze gezichten. Haar laatste grap, ze is een nogal overheersend type. In mijn gedachten zag ik haar grijnzen. Overigens mag je volgens de wet de as niet in het openbaar verspreiden, maar het wordt gedoogd. Het is een soort familiale ziekte dat we allemaal in het water willen landen voor onze laatste rustplaats van onze geest en ziel. Dan gaat de wind even liggen en ben ik op de juiste plek aangeland, haal het deksel van de urn en in tegenstelling tot onze oma schiet mijn vader loodrecht naar de bodem van het meer. Blijkbaar vindt mijn vader het goed zo. Opgelucht dat hij zijn laatste rustplaats leuk vindt, zwem ik langzaam weer terug. De fluisterboot is er natuurlijk sneller, dus ik kan ze niet helpen om de boot aan te leggen.

'Claudia, kun je even helpen bij het aanmeren van onze boot.'

Mijn zusje roept Claudia, die de gaffel van de Valk wel heel lang voorbereidt voor hun zeiltochtje.

'Ja natuurlijk, ik kom eraan,' biedt ze behulpzaam aan.

Haar stem klinkt natuurlijk en warm. Claudia loopt meteen van de steiger van haar moeder naar onze steiger toe. Het is een klein buurmeisje, waarschijnlijk niet groter dan 1,60 meter, precies het type waar Dieter op valt, een lekkere buit. Ze gooit vakkundig een halve steek en kijkt me vluchtig aan als ik dichterbij kom, als een haai die langzaam om zijn buit cirkelt voordat hij toeslaat.

'Goed zo?!', vraagt Claudia en werpt me een korte blik toe. Vervolgens kijkt ze weer weg.

'Uh…. ja, ziet er goed uit.'

Bedoel ik de halve steek of haar uiterlijk?

Er gebeurde iets bij het korte oogcontact. Was het sympathie, empathie, energie of een kleine bliksem die insloeg? Hoe dan ook, weet ik nu zeker dat we elkaar nog eens zullen ontmoeten. Jachtinstinct?! Bestaat dat nog bij Dieter na al die medicijnen die tot seksuele disfunctie hebben geleid?

Drie weken later is het zover nadat ik haar heb uitgenodigd op het terras van mijn vader voor een kopje thee. Het is een heerlijk milde, warme zomeravond, precies het goede weer voor een ontspannen sfeer om elkaar te leren kennen. Voor de zekerheid staat de witte wijn gekoeld klaar in de ijskast. Ook de Franse kaas en toastjes staan in de aanslag. Een schaal met romantische kaarsjes wacht geduldig om na zonsondergang tot zijn recht te komen. Even na zeven uur gaat de deurbel. Hoewel ik de afgelopen maanden veel dates heb gehad, ontstaat toch weer een nerveus gevoel. Angst om door de date niet bevestigd te worden in je ego? Vol spanning open ik de deur en werp een observerende blik naar Claudia.

'Hallo Dieter,' begroet ze me hartelijk en open: haar wangen blozen onmiddellijk.

'Hallo Claudia,' begroet ik met oprechte, warme sympathie in mijn stem.

Niet alleen wordt mijn stem warm, maar sinds lang geleden voel ik ook warmte tussen mijn benen waar mijn derde been een woordje mee spreekt. Bestaat er zoiets als seksuele chemie en aantrekkingskracht op 57-jarige leeftijd? Merkte ze mijn innerlijke energie meteen op en bloosde ze daarom? Of was mijn blik naar haar te direct of intens? We schudden elkaar de hand en dat versterkt mijn gevoelens, ze heeft nog zachtere handen dan de handen van mijn huisarts: fijn en fragiel, zeer vrouwelijk. Op de één of andere manier voel ik me als een doorzichtig glas, kan ze mijn ziel, gevoelens en gedachten lezen? Dit is hoe het voelt, naakt. Dat is nieuw en een beetje ongemakkelijk voor de preutse Dieter.

'Zal ik je het huis even laten zien,' stel ik een beetje klunzig en onhandig voor als afleidingsmanoeuvre voor een rustige, geleidelijke kennismaking in de eerste 20 minuten.

'Ja, in mijn jeugd heb ik hier vaak gespeeld in dit huis bij de voorgangers van je vader,' aanvaardt ze dankbaar mijn suggestie.

De laatste kamer van de rondleiding door het huis is de vide met een waanzinnig uitzicht over het meer. Ze gaat voor me de wenteltrap op en wiebelt een beetje met haar billen voor mijn gezicht. Mijn mannelijke instinct kan het niet laten om ernaar te staren.

'Zal ze mijn blik naar haar billen voelen?' vraag ik mezelf af.

Aangekomen op het terras, probeer ik ontspanning te brengen met een mislukte grap.

'Wat wil je drinken, whisky?'

Ze overweegt kort: 'ja, ik heb nog nooit van mijn leven whisky gedronken, laten we eens iets nieuws proberen.'

Nu moet ik ook even nadenken. Met haar relatief kleine lichaam, op een lege maag, kan de date snel in de problemen raken. Ik zou ook graag haar ware ik willen leren kennen. Het is wel heel leuk dat ze open staat voor de wereld en nieuwe levenservaringen.

'Laten we beginnen met wat thee, dan kunnen we later altijd nog een whisky drinken,' stel ik voor en glimlach zorgzaam en warm.

Mijn bescherminstinct maakt zich ook merkbaar.

'Bedankt voor het ingaan op mijn uitnodiging. Over tien dagen reis ik voor langere tijd naar Bodrum en ik ben blij je daarvoor te leren kennen.'

'Ach, dat is een mooie streek, lang geleden heb ik daar samen met drie vriendinnen gewandeld langs de kust van Izmir naar Bodrum met de rugzak.'

'Echt, vertel me meer!'

Het gesprek blijkt meer dan prettig te zijn. Gemeenschappelijke delers, een open levensinstelling, vrijdenken, humor en dezelfde levenservaringen smeden bij de eerste gelegenheid een menselijke verbinding die voor mij onaantastbaar lijkt. De kaarsplaat van mijn vader met 20 kaarsen, die 20 jaar niet hebben gebrand, komt ook vol tot zijn recht. Nadat we afscheid hebben genomen, stel ik met voldoening vast dat voorvocht mijn penis nat heeft gemaakt. Bestaat erotische chemie dan toch nog, ook op 57-jarige leeftijd?

Vijf dagen later, na een intensieve WhatsApp uitwisseling en een gevoelde eeuwigheid, gaan we zeilen in de Valk. Het weer is perfect om ontspannen te zeilen: iets meer dan 20 graden, een licht briesje en zonnig. Ik heb een beetje water en twee appels bij me voor het geval ons zeiltochtje wat langer duurt. We steken het meer op en dobberen langzaam naar de horizon. Onze verbinding verdiept zich.
Na een uurtje varen biedt Adam Eva zijn appel aan:
'Wil je een appeltje Claudia?'
'Ja lekker Dieter.'
 Wat staat er ook alweer in de Bijbel over Eva, Adam en de appel?
'Smaakt de appel lekker?'
'Ja, het is erg fijn om met jou te zeilen en wat te kletsen!'

Ze kijkt me open en kwetsbaar aan. Dit is het moment om haar te kussen, varend bij zonsondergang. Maar mijn jeugdige verlegenheid is er nog steeds op 57-jarige leeftijd en het is te lang geleden dat ik een vrouw hartstochtelijk kuste. Ze toont onbevangen en open haar innerlijk en vrouwelijke natuur, ze barst van de vrouwelijke energie. Sinds lange tijd ben ik weer verliefd. Na twee uur dobberen, leggen we de Valk weer aan bij de steiger van Claudia's moeder.

'Laten we naar de horizon varen,' bood ik nog aan voordat we aanlegden. Als we naar de horizon varen wordt onze zeiltocht vereeuwigd.

'Ja, laten we dat doen.'

Het is al donker, de maan is vol en Claudia loopt voor me uit. Dan draait ze zich op de steiger vastbesloten voor me om. Er is geen ontkomen meer aan. We kussen 20 minuten lang hartstochtelijk. Hebben onze vaders dit vanuit het universum georkestreerd en kijken ze allebei met een grijnzende glimlach toe? Een goede buur is beter dan een verre vriend, fluisteren ze ons van bovenuit het universum toe.

Aangekomen in de villa van mijn vader, gaan we door met kussen. Nog steeds val ik op dezelfde types als vroeger, mijn 'prooipatroon' of 'buittype'. Kleinere vrouwen bij voorkeur onder de 1 meter 65. Wil ik mijn lengte onbewust compenseren met kleinere vrouwen? In de woonkamer til ik haar op en zet haar op de bank zodat we op ooghoogte verder kunnen zoenen. Dit erotische avontuur gaan we héél, héél langzaam aan. Ik voel mijn penis opzwellen en het voorvocht treedt weer uit, hij wil het avontuur versnellen. Maar het is nog veel te vroeg voor hem.

De derde keer is scheepsrecht. Dit Nederlandse gezegde betekent dat je het doelwit bij de derde poging treft. Op mijn derde date met Claudia gaan we wandelen op hetzelfde strand bij de strandopgang van de vuurtoren in Noordwijk aan Zee. Dezelfde plek als bij mijn Tinder Date, maar deze keer met een ander resultaat. In de strandtent zitten we heerlijk ontspannen buiten op de loungebank en genieten van een droge Sauvignon Blanc met een schaal vers visfruit. We kussen hartstochtelijk. Ik breng langzaam mijn hand tussen Claudia's benen en streel de binnenkant van haar dijen, ze gloeien. Zonder verder te voelen, weet ik dat het daar vochtig is en brandt vol energie. Eindelijk mezelf weer verliezen in gepassioneerde erotiek zover als de horizon reikt. Ga dit liefdesavontuur héél, héél langzaamaan, zodat je er intens en bewust van kunt genieten. Hoe langer je het orgasme uitstelt, des te intenser zal het zijn. Is dit nog mogelijk op 57-jarige leeftijd? Wie had dat gedacht? God?

Een paar maanden later zijn we in Gümüşlük. Op de lokale markt koop ik spontaan drie kleurrijke, gewaagde jurkjes, een beetje doorschijnend. De volgende dag draagt Claudia het jurkje met verschillende tinten oranje en een wit abstract motief. Haar gebruinde dijen sluiten naadloos aan onder de jurk. Een milde zeebries waait en toont haar borsten. Ze laten zich trots zien in de zeebries. Onder deze kleurrijke jurk koelt de zeebries haar gloeiende dijen af. Ze voelt zich zichtbaar vrij en toont haar vrouwelijke energie in volle kracht.

Ea Libera!

Angst

Dieter beseft dat dit hoofdstuk stof kan doen oplaaien. Maar als dat stof de dialoog en het debat over angst voedt, is dat prima. Het is voor iedereen belangrijk om angst te begrijpen en te doorgronden: de oorzaken, de gevolgen van aanhoudende angst en hoe ermee om te gaan? Ook voor mensen die zogenaamd geen angst kennen is dat belangrijk. Al is het maar om begrip, empathie en gedrag te ontwikkelen voor hoe je ermee omgaat bij menselijke verbindingen in je eigen omgeving. In Dieters' korte telefoontje met God is angst veelvuldig, bewust en onbewust, de revue gepasseerd. Angst om het verlies van zijn: baan, existentie, vrouw, huis, vaderland, geld, tennismaatjes, geliefden, dochter, ouders of familie. Angst voor weer een mislukte date of relatie. De angst dat hij niet in zijn Ego wordt bevestigd, het geprojecteerde zelfbeeld en het beeld dat anderen van Dieter zouden moeten hebben. Deze angst wordt aangedreven door het zelfbedachte, zelf-geïdentificeerde Ego. Het Ego wil steeds vaker, sterker en zichtbaarder bevestigd worden. Een vicieuze cirkel van angst, gepeins en bevestiging ontstaat omdat het Ego bang is om te sterven. Maar het Zijn zelf is niet blootgesteld aan daadwerkelijk levensgevaar. Alleen het zelfbedachte Ego voelt zich bedreigd. Angst is waarschijnlijk het oudste oerinstinct dat in ons voorgeprogrammeerd is. Er is geen mens, ook geen dier, zonder dit oerinstinct. Zoals de titel van de film met Richard Gere en Edward Norton zo mooi verwoordt: 'Primal Fear'. Het dient ook een éénvoudig doel: het overleven. Angst wil gevaren die ons overleven bedreigen omzeilen of uit de weg ruimen. Vroeger werd dit oerinstinct gealarmeerd bij levensbedreigende situaties van leven of dood. Het roept impulsief drie soorten reacties op: vechten, vluchten of vriezen. Ik noem dit het zogenaamde triple V-gedrag.

De kardinale programmeerfout van angst is dat het niet meer kan onderscheiden of de dreiging daadwerkelijk levensgevaarlijk is of niet. Het Ego slaat vaak vals alarm uit doodsangst bij situaties die niet levensbedreigende zijn. De vicieuze cirkel begint dan zonder reëel levensbedreigend gevaar. Het Ego leert zich aan dit oerinstinct steeds vaker te alarmeren. Dit gebeurt bij veel alledaagse activiteiten zoals het lezen van de krantenkoppen over Corona, het kijken naar een spannende film zoals 'Primal Fear' of wanneer je partner je niet altijd elke dag met een kus begroet bij thuiskomst. Het Ego tapt daarbij uit meerdere vaatjes, met als gevolg dat Dieter zich constant zorgen maakte over zijn toekomst en de gevaren aan de horizon. Angst kan levensreddend zijn bij echte levensbedreigende situaties. De aanhoudende valse alarmeringen door ons Ego bij veel situaties die niet levensbedreigend leiden tot een permanente toestand van bezorgdheid, mentale pijn, vermoeidheid en uitputting. Dit zorgt voor volle agenda's en wachtkamers bij psychologen en psychotherapeuten vanwege psychische aandoeningen zoals: depressie, agressie, paniekaanvallen, geweld, angstfobieën en obsessief-compulsieve stoornissen. Die hebben destructieve gevolgen: paranoia, vervreemding, overgevoeligheid, isolatie, lichamelijk letsel, misbruik, machtsverslaving en uitputting. In de oertijd deed het 'Primal Fear' instinct zijn toen nog éénvoudige taak om te overleven goed. Onze samenleving is tegenwoordig te complex voor dit simpele oerinstinct en wordt gevoed met voortdurende impulsen van smartphones, tablets en computers. Een wereld vol mensen met haar megasteden zendt ook continue impulsen uit die

het Ego het oerinstinct angst laten aanroepen. Daarom moeten we allemaal beter begrijpen waar angst vandaan komt, wat het aandrijft en leren er beter mee om te gaan. Misschien moeten scholen hier ook sociale leerprogramma's voor opzetten. Er zijn veel jongeren met een psychische aandoening die veroorzaakt worden door angst.
'Wees maar niet bang Dieter!', zeggen we te vaak en onderdrukken de angst.
Maar het blijft onbewust of bewust bestaan. Angst is de meest vernietigende kracht. Hoewel men gevaar niet moet ontkennen of onderschatten, is angst in situaties die niet echt levensbedreigend zijn, niet de juiste emotie om ons te sturen. Mindfulness, alertheid, waakzaamheid en zorg zijn vereist. Angst kan ons verlammen en bestaat ook als we geen mogelijkheid tot handelen hebben. Het graaft zich in en voedt zich met eindeloze, energieverslindende gedachtenspinsels. Deze vicieuze cirkel leidt niet alleen tot psychische aandoeningen, maar leidt op de lange termijn ook tot lichamelijke aandoeningen. Begrijpen en accepteren wat er gaande is als eerste stap om dit patroon te doorbreken. Je bewust worden van de angst en waar die vandaan komt. Deze bewustwording moet worden gevolgd door

bewust handelen: feiten en informatie omzetten in zorgzame actie, waakzaamheid en alertheid.

Angst voedt vaak andere emoties, zoals woede of verdriet. Die emoties kunnen we meestal makkelijker een uitweg bieden. Handel daarbij ook bewust. Bij verdriet helpt menselijk huilen altijd. Het is een ongelooflijk mooie, menselijke en verbindende verwerkingsstap voor verdriet. Het beste is om samen te huilen. Daarna voel je je altijd beter en sterker.

Woede of wraak zijn verraderlijker. Het is het beste om met lichamelijke of sportieve activiteit woede een uitweg te bieden. Of zoek het gesprek en praat over je woede. Hier is de valstrik zeker dat je woede omzet in agressie of geweld. Woede kan in zeer korte tijd enorme hoeveelheden energie opwekken en verbruiken. Na de uitbarsting van woede ben je volledig uitgeput. Het geweld dat voortkomt uit woede kan ook leiden tot machtsgevoelens jegens dierbaren of andere mensen. Als het Ego dit éénmaal heeft geleerd, kan een destructieve cirkel van emoties, gedachten en handelen ontstaan.

Met name Corona zorgt momenteel voor een vloedgolf aan angst in onze samenleving en de wereld. Het is een onzichtbare vijand en onbekend gevaar. Deze angst is echter grotendeels ongegrond. Dat betekent niet dat we Corona moeten onderschatten, het is verraderlijk en kan fataal zijn voor minder dan 1 procent van de geïnfecteerde mensen. Maar het moet worden gezien in relatie tot andere doodsoorzaken en oorzaken van menselijk letsel. Verder is het belangrijk om een holistische benadering van Corona te hebben. We moeten niet alleen de doden tellen en letten op de intensieve zorg in de ziekenhuizen. De neveneffecten zijn waarschijnlijk veel groter: existentiële angsten, huiselijk geweld, misbruik, isolatie, depressie en werkeloosheid. Ongegronde angst wordt gevoed door desinformatie, meestal naïef en zonder validatie verspreid door de media. Blijkbaar geldt: hoe sensationeler de krantenkoppen, hoe meer mensen het persnieuws lezen, hoe meer advertentie-inkomsten er worden verdiend. Elke dag lees je hoeveel doden er vielen of welke Vips, voetbalsterren of politici vandaag besmet zijn geraakt. Dit heeft de angst voor Corona ongegrond gevoed en versterkt. Aanvankelijk werd het sterftecijfer van Corona ernstig overschat. De media publiceerden sterftecijfers van 5 procent of meer. Afgezien van oversterfte werd het aantal sterfgevallen min of meer betrouwbaar gerapporteerd. Maar er werd geen rekening gehouden met de vele besmette mensen die niet werden getest en niet in de coronastatistieken terechtkwamen. Als voor dit effect gecorrigeerd zou worden, daalt het sterftecijfer onder de 1 procent. Dit kan ook worden afgeleid uit de ontwikkeling van de statistieken in de tijd. Omdat later meer mensen met slechts milde symptomen en ook jongere mensen zich lieten testen. Door het gebrek aan coronatesten en contactonderzoek alsook het feit dat aanvankelijk veel geïnfecteerde met milde griepachtige verschijnselen zich niet lieten testen, werd het werkelijke aantal geïnfecteerde personen zwaar onderschat. De oppervlakkige statistieken in de media werden daarvoor niet gecorrigeerd en berekenden het sterftecijfer op basis van een zwaar onderschat aantal Corona infecties. De media kopten met sensatie en angstaanjagend hoge sterftecijfers bij het uitbreken van de pandemie. Die sterftecijfers waren niet gevalideerd en zorgvuldige uitleg ontbrak. De angst onder de mensen werd daardoor buitensporig vergroot.

Hoe gemakkelijk het Corona virus zich verspreidt, werd zwaar onderschat door politici en gezondheidsorganen zoals bijvoorbeeld de WHO. Zes maanden na het uitbreken van de pandemie hadden de WHO en politici nog steeds niet bevestigd dat Corona zich ook via aerosolen verspreidt en niet alleen via kleine druppeltjes. Aerosolen kunnen langer in stilstaande lucht blijven hangen en vliegen veel verder dan de kleine zichtbare druppeltjes. De in de lucht afgelegde afstand voor aerosolen kan acht tot tien meter bedragen, vergeleken met één tot twee meter voor kleine druppeltjes. De arbitraire afstand van één tot twee meter die we aanhouden is willekeurig en vaak niet voldoende als je infectie wilt voorkomen. Maar politici en gezondheidsautoriteiten kunnen dit niet toegeven, want dan wordt de sociale afstand van één tot twee meter achterhaald als willekeurig en onvoldoende. Dit zorgt voor een vals gevoel van veiligheid. Mensen vragen zich af hoe ze dan toch een infectie opliepen en worden daardoor onzeker. Dit valse gevoel van zekerheid voedt de maatschappelijke angst.

Luchtventilatie speelt ook een sleutelrol bij Corona. Op basis van veel grote infectiehaarden kan duidelijk worden vastgesteld dat corona zich exponentieel verspreidt in omgevingen met staande lucht zoals: kerken, carnavalsfeesten, voetbalstadions, moskeeën, ceremonies, demonstraties, disco's, clubs, pubs, bruiloften en privéfeesten. Met name de aerosolen blijven lang in de lucht hangen en zorgen voor een explosieve verspreiding. Voor de ventilatie van en procedures in verpleeg- en bejaardentehuizen zijn gerichte maatregelen nodig. Ventilatie moet de juiste filtertechnologie gebruiken en stilstaande lucht met frisse lucht laten circuleren.

Als we de feiten en informatie beter valideren en niet alleen de politieke correctheid van reeds genomen maatregelen verdedigen, kunnen we meer betere en gerichte maatregelen nemen in plaats van nationale of wereldwijde Lockdowns voor de hele samenleving. Maatwerk voor deze omgevingen met gerichte maatregelen zoals: alleen goedgekeurde evenementen, zorgvuldige voorbereiding, testvereisten vóór aanvang, maximale aantal deelnemers, vereisten voor luchtventilatie en het verplichte gebruik van de CoronaMelder app om contactonderzoek te versnellen.

Coronamaatregelen moeten ook veel meer regionaal en geografisch worden besloten en niet nationaal voor een heel land. Als we met gevalideerde informatie en gericht maatwerk aan de slag gaan, kan de samenleving zelfverzekerd en met vertrouwen blijven draaien, met een beperkt aantal maatregelen: die met een hoge effectiviteit. Richt de Corona strategie uit op basis van feiten, gegevens en gevalideerde informatie en handel ernaar. Handelen uit pure angst en paniek is in deze situatie fataal en leidt tot de bovengenoemde, ernstige bijwerkingen in onze samenleving. De schade aan onze gezondheid en de samenleving wordt hierdoor verveelvoudigd.

De Zweedse aanpak benadert het Corona virus op soortgelijke wijze. Gericht (regionaal) maatwerk en maatschappelijk gebalanceerd met een holistische visie. Deze benaderingswijze bouwt langzaam maar zeker de muur van immuniteit met aanvaardbare sociale- en gezondheidsschade. Zodra deze muur van immuniteit er is worden kwetsbaren en zwakkeren in de samenleving beschermd. De vermenigvuldiging van schade aan onze gezondheid en de maatschappij door neveneffecten van Corona Lockdowns wordt door deze aanpak vermeden. Het heen en weer, hollen of stilstaan van het in en dan weer uit Lockdowns gaan elke paar maanden, wordt vermeden.

Totdat er een Corona vaccin beschikbaar is, ligt veel verantwoordelijkheid voor het beschermen van de kwetsbaren met zwakke immuniteit en ouderen bij deze mensen zelf. Persoonlijk je zelfverantwoordelijkheid nemen. Plaatsen en gedrag met een verhoogd risico op infectie moeten worden vermeden. Mensen met een genetische variatie in TLR7 moeten ook een verhoogd risico op infectie vermijden. Hun immuunsysteem kan op de verkeerde manier reageren en het ernstige Corona ziekteverloop kan optreden en leiden tot ontsteking van de longen.
Politici hebben een rolmodel. Verspreid geen onnodige angst. Handel op geïnformeerde, transparante, zelfverzekerde, betrouwbare en verantwoordelijke wijze met alertheid, zorg en waakzaamheid. Leid holistisch: breed voor alle groepen in de samenleving met gedifferentieerd,

(regionaal) gericht maatwerk. Laat voortschrijdend inzicht van informatie en de daarop gebaseerde maatregelen in de politiek toe.

Tot slot, over de Corona kwestie, betreffende onze jongeren onder de 18 en ouderen boven de 60. Geef oudere geïnfecteerde mensen de keuze hoe ze behandeld willen worden voordat ze éénzaam en onwaardig sterven onder narcose aan het beademingsapparaat. Laat ze zelf beslissen of anesthesie en kunstmatige ademhaling al dan niet als onderdeel van de behandeling moeten volgen. De keuze om te sterven in het bijzijn van je dierbaren zou het recht van eenieder moeten zijn, dat kan niet worden geweigerd. Quarantaine volgt dan uiteraard voor de dierbaren na overlijden.

Voor jeugdigen zonder eerdere ziekten is het sterftecijfer onder de geïnfecteerde nagenoeg 0 procent. Het preventieve effect van mondkapjes op scholen is minimaal en wanneer infectie volgt, is dit vaak het gevolg van samen zijn buiten schooltijd. Voor kinderen op school zijn de psychologische bijwerkingen van mondkapjes en sociale afstand vele malen groter dan het preventieve effect, aangezien hun psychologie in volle ontwikkeling is. We moeten voorkomen dat niet een generatie mondkapjes opgroeit in plaats van een generatie roodkapjes die nog steeds in contact willen komen met hun oma's. We moeten de psychologische, lange termijn neveneffecten zoals isolatie, vervreemding, depressie of angstfobieën vermijden. Het behoeft geen betoog dat leerkrachten en ouders waakzaam, alert en zorgzaam moeten zijn voor milde symptomen van ziekte bij kinderen en jeugdigen zodat grootouders en mensen met chronische ziektes niet kunnen worden besmet. Het dragen van een mondkapje is daarvoor niet noodzakelijk. Voor jongeren onder de 18 is het op een natuurlijke manier menselijke verbindingen leggen, ontwikkelen en ervaren essentieel. Dit kan niet online worden gedaan. Laten we voorkomen dat we nog meer Trumps, Putins en Erdogans laten opgroeien met beperkte empathie en sociale vaardigheden! Leiders bij wie de competentie in het omgaan met menselijke connecties uit balans is geraakt.

De menselijke en universele verbindingen, voor sommigen, ook met God, vormen de rode draad in dit korte telefoontje met God. Een kort gesprek met God impliceert niet alleen onze god Heinz maar ook de mogelijk universele God, de energie waarin we allemaal geloven: moslims, joden, boeddhisten, christenen en andere religies. In de wereld van vandaag is ons primaire angstinstinct verward. Het reageert niet alleen in gevallen van daadwerkelijk levensbedreigend gevaar, maar ook in veel gevallen van gevoeld gevaar dat wordt ervaren door het zelfbedachte Ego. Angst is wijdverbreid in alle samenlevingen in onze wereld en vooral het secundaire gedrag en de gevolgen van angst zijn rampzalig. Nogmaals ter herhaling de secundaire gedragingen en gevolgen van angst: depressie, agressie, paniek aanvallen, geweld, angstfobieën, obsessieve-compulsieve neurosen, paranoia, vervreemding, overgevoeligheid, isolement, lichamelijk letsel, misbruik, machtsverslaving en uitputting. Zij hebben een rampzalig, destructief effect op onze menselijke en universele verbindingen die deze wereld laten draaien. De verbindingen die onze prachtige aarde en haar natuur in stand houden. Juist nu hebben de wereld en onze planeet aarde voor een nieuwe balans en hun bescherming een tijdperk nodig van een verenigde en verbonden mensheid. Daarom moeten we onze angsten beter begrijpen en er anders mee omgaan, zodat onze menselijke en universele verbindingen weer worden hersteld.

Universele Verbindingen

Het is 19 december 2020, 06 uur 20 's ochtends, de dag voordat het Aquariustijdperk begint. Op de achtergrond speelt Mozarts Requiem. De dolfijnen zijn alweer op bezoek in de baai van Gümüşlük. De dolfijnmoeder laat haar jonge kalf zien hoe ze zichzelf moet voeden in een wereld waar voeding voor dolfijnen erg spaarzaam is geworden. De twee zijn maximaal zes jaar samen. Uiterlijk dan is het kalf volwassen en vliegt het uit. Er zijn ook verbindingen met de dolfijnen en het Requiem. Verbindingen, die Dieter van binnen raken, ze zijn universeel. Dieter kijkt terug en vat het voor zichzelf en de wereld samen.

De reis naar Bodrum was heel fijn. Kort nadat Dieter zijn buurmeisje had ontmoet, ging hij een tijdje weg om in Gümüşlük te verwijlen. Reizend met de auto, was het niet alleen een reis langs geografische locaties, maar vooral om een paar belangrijke menselijke verbindingen te herstellen. In een auto vol relikwieën van zijn vader reed hij een paar maanden na het overlijden van zijn vader weg. Wederom had Dieter een huis leeggeruimd en verkocht.

Een bezoek aan een collega in Praag die ik jarenlang had gecoacht om mij op te volgen bij Tyson. We hebben samen veel successen beleefd, maar ook samen uitdagingen overwonnen. De grootste uitdaging voor hem kwam toen bij zijn vrouw een zeldzame, agressieve vorm van kanker werd vastgesteld. Ze stierf een paar jaar later. Voor haar nam hij ontslag bij Tyson, om te proberen haar te genezen. Maar ook om de resterende, spaarzame momenten samen te delen. We hebben er lang over gepraat. Ook hebben we besproken of hij zich kan voorstellen om opnieuw een verbinding met een andere vrouw aan te gaan, wellicht nog een keer verliefd te worden.

Het vrolijke weerzien met mijn Nederlandse vriend uit Praag. De typische maatjes lol begon destijds met hem al. We hebben mooie gemeenschappelijke herinneringen: ons duikbrevet op Mauritius, Zwitserse stewardessen, Barcelona in Camp Nou, drie wijnchateaus kopen in Frankrijk, skiën in Tsjechië en zo nu en dan te veel alcohol.

De hoofdingenieur van Tyson uit Karinthië, het genie van de visie achter onze Tyson stofzuigers. Hij ondersteunde mij vaak met klantbezoeken voor grote klanten in het zakelijke segment. De

Tyson klantevenementen die hij organiseerde, waren uniek. We hebben samen mooie herinneringen: de Formule 1 race op de Red Bull Ring, prachtige wandelingen in de Karinthische bergen, verse paddenstoelen plukken, gevangen in de 'Mausefalle' door drie Karinthische jonge dames en vele gezamenlijke klantsuccessen.

En niet te vergeten mijn eerste stop op deze reis met mijn tennismaatjes in Essen-Kettwig. Maar die herinneringen zijn al in een ander hoofdstuk gedeeld.

Op bezoek bij Willie, mijn vroegere buurman uit Essen-Kettwig, die als een broer is voor mij. We zitten in zijn tuin met uitzicht op het prachtige oude beukenbos. Nadat ons huis was verkocht, vertelt hij me nu dat een vrouw die daar voor ons woonde, zichzelf destijds heeft opgehangen in onze slaapkamer. Ik voel misselijkheid opkomen, mijn maag draait zich om. 20 jaar woonde ik daar en heb dit nooit geweten. De verbeelding slaat weer toe of ben ik nog steeds in de werkelijkheid? 'Willie?!', vraag ik wat luider.

Hij antwoordt:

'Nog een bier, om het te verwerken?'

Kennelijk ben ik toch in de werkelijkheid.

Ik stel me voor hoe een vrouw zich destijds ophing in de slaapkamer waarin ik 20 jaar met mijn ex-vrouw doorgebracht heb. Mijn mond en keel worden droog en ik giet een halve fles fris geopend bier naar binnen. Langzaam begint het bier in mijn maag te koken.

Naïef vraag ik verder op zoek naar de waarheid:

'Dat kon geen mooi aangezicht zijn geweest?'

'Nee, dat was geen fraai aangezicht. Ze bond een paar keer een dunner touw om haar nek, ze was waarschijnlijk bang dat het touw niet zou houden. Vanwege haar overgewicht werd haar hals ingesneden door de lussen van het touw.'

Soms is het beter om de waarheid niet te ervaren.

'Waarom pleegde ze zelfmoord?'

Als je zo dichtbij bent, wil je dan toch de volledige waarheid en haar motieven weten.

'Niemand weet het precies, maar blijkbaar had haar man een affaire. Hij trof haar die avond opgehangen aan nadat hij was teruggekeerd van zijn geheime liefde. Waarschijnlijk was zijn affaire niet zo geheim als hij zelf wel dacht. Hij schreeuwde als een varken aan een spies. Maar alles was te laat,' gooit Willie er droogjes uit.

'Waarom heb je me dat nooit eerder verteld?!', vraag ik na.

Zwijgend kijkt hij me indringend aan. Nu lijkt hij op mijn psycholoog, moet ik dit zelf bedenken?

Ik kijk hun groene tuin in, waar de zon op deze veel te milde herfstdag voor een schaduwspel zorgt.

'Was dat waarom we nauwelijks erotische avonturen beleefden in deze grote slaapkamer? Omdat haar geest er nog steeds rond waarde en ze ons bestraffend observeerde?', denk ik bij mezelf. Ben ik weer in één van mijn nachtmerries aanbeland?

Nee, Willie zit recht tegenover me met een gezicht vol medelijden. Waarom? Het voelt echter wel goed om een broer te hebben.

Er zijn veel goede herinneringen aan mijn reis naar Bodrum over menselijke verbindingen uit het verleden. Eckehart Tolle zegt dat je niet in het verleden moet leven, alleen het heden telt. Toch zijn deze ervaringen voor mij van onschatbare waarde en draag ik ze in mij mee. Deze menselijke verbindingen blijven bestaan, ook al zien we elkaar in het heden niet dagelijks.

Menselijke verbindingen komen gemakkelijk en uit liefde tot stand. Onze Griekse huurders hadden een zoon die geen Duits sprak. Hij ziet me met een tas vol verzamelde wilde paddenstoelen uit het bos komen en vraagt wat ik bij me heb. Met Duitse en Griekse trefwoorden, handen en voeten, leg ik uit dat deze 'Jam Jam' paddenstoelen eetbare paddenstoelen zijn die ik in het bos heb geplukt. Drie dagen later komt hij het bos uit met een enorme zak vol vers geplukte paddenstoelen. Eén voor één zoeken we al deze paddenstoelen op in de paddenstoelen gids om ze te identificeren. Voor de veiligheid zeg ik dat helaas geen van deze paddenstoelen 'Jam Jam' eetbaar zijn. Gelukkig is de giftige groene Knolamaniet er niet bij. Dan pakt hij me bij de hand, en we moeten op zoek gaan naar eetbare 'Jam Jam' paddenstoelen in het bos. Deze liefdevolle menselijke verbinding komt spontaan tot stand en ze maken onze wereld eenvoudigweg beter. Sommige verbindingen zijn echter niet zo eenvoudig te maken. Zoals mijn relatie met Claudia, bijvoorbeeld. Angst speelt weer zijn verraderlijke rol. De angst om opnieuw gekwetst te worden of je geliefde te verliezen. Men moet echter bewust met deze angst omgaan en hem niet in de weg laten staan van een nieuwe relatie met een levensgezel of een nieuwe menselijke verbinding.

Er zijn geweldige mensen in Turkije. Ik ben God erg dankbaar voor mijn nieuwe buren in Gümüşlük. Neslihan en Saban: Neslihan kan goddelijk koken. Saban zorgt voor de tuin: hun gezamenlijke, kleine paradijs. Claudia en ik werden hartelijk uitgenodigd voor een diner in hun kleurrijke paradijs. Het gesprek ging voornamelijk tussen Neslihan en Claudia, die hun religies en goden samenvoegden op basis van de kwantummechanica theorie. Terwijl Saban en ik genieten van de heerlijke huisgemaakte rode wijn, het uitzicht en de open haard. Het eten en de sfeer zijn vol liefde. Het is voor het eerst dat de Bose-Einstein deeltjes en hun energie in gesprekken mij letterlijk om de oren vliegen. Ik dank Neslihan en Saban de volgende dag:

'Lieve Neslihan en Saban,

Heel erg bedankt voor jullie oprechte en liefdevolle gastvrijheid. Vandaag voelt als gisteren en we genieten wederom van het eten, onze gesprekken en jullie aanwezigheid. Het eten was met liefde toebereid, we hebben vandaag geen ontbijt nodig, alleen puur water zodat we ook vandaag de smaak van jullie eten en gastvrijheid kunnen blijven ervaren: rijk, gezond, lekker en liefdevol. Bovenal waren onze gesprekken en jullie gezelschap ook zo. We willen jullie bedanken, maar weten niet precies hoe. Heeft ons samenzijn, dit bestaan, in werkelijkheid plaatsgevonden? Of komt het voort uit een fantasie van mijn boek? Laat het alsjeblieft de werkelijkheid zijn van gisteren, vandaag en morgen, zodat we er lang van kunnen genieten. Een oprecht dankjewel uit het hart.'

Ik heb ook een liefdevolle relatie met mijn tweede buurman, Civan. Hij is ruimdenkend en emotioneel met veel gevoel voor humor. We communiceren op dezelfde golflengte met de eeuwige energie van de Bose-Einstein deeltjes. De persoonlijke chemie is er. Onze gesprekken gaan tot diep in de nacht en we delen ook donkere of zwarte bladzijden uit ons leven. Af en toe onder overvloedig alcoholgenot. Ik heb hier nu ook mijn tweede jongere broer gevonden, weer een buurman. Zoals wij Nederlanders spreekwoordelijk zeggen: beter een goede buur dan een verre vriend.

En dan, niet te vergeten Eleonora, Jancko, mijn broers en zussen, familie, moeder, vader vanuit het universum, Evita, Claudia en mijn dochter. Voor zover mogelijk koester ik al mijn verbindingen liefdevol, aandachtig, zorgzaam en waakzaam. Er is een behoorlijke hoeveelheid menselijke verbindingen om me heen. Dieter is zich meer bewust geworden van wat thuis eigenlijk voor hem betekent. Het is minder de geografische locatie waar je bent. Thuis bestaat vooral uit de menselijke verbindingen die je omgeven op deze wereld en in het universum. Daarom heeft Dieter altijd moeite om deze vraag te beantwoorden:
'En wat is nu je thuisland?'
Achteraf gezien begrijp ik de antwoorden van veel vrouwen op het Starshipping platform op de volgende vraag beter:
'Op welke plek voel jij je je thuis en heb je het fijn.'
Ze reageerden vaak niet met geografische locaties maar met hun dierbaren. De geografische ligging speelt echter ook een rol voor Dieter. Daarom blijft deze vraag voor Dieter onbeantwoord.

Dieters Ego in de rol van boek auteur komt hier tot een einde. Dat Ego sterft ook. Was het schrijven van deze fictieve roman zingevend of vervullend voor mij? Of was deze rol stiekem door mijn oude Ego uitgevonden en bedacht om zichzelf opnieuw uit te vinden. Zichzelf nieuw leven in te blazen na de vele verliezen? Of komt deze rol gewoon van nature door het zuivere Zijn nadat alle andere ego's zijn gestorven? Twee mogelijke perspectieven en veel onbeantwoorde vragen. We laten ze voorlopig in het Nirvana landen. Dieter schreef dit boek echter uit liefde voor zijn dochter om kleine dingen te delen en levenslessen door te geven. Zoals de dolfijn moeder vanmorgen haar kalf leerde naar voedsel te zoeken in de baai van Gümüşlük. Dat is wat Dieter aandrijft tot dit korte telefoontje met God.

Liefdevolle menselijke verbindingen kunnen deze wereld levend houden en onze planeet aarde opnieuw uitbalanceren zodat ze blijft doordraaien. We moeten haar terug brengen in haar oorspronkelijke schoonheid. Menselijke verbindingen zijn een oneindige bron van energie. Zoals de onverklaarbare energie van de Bose-Einstein deeltjes. Een energie die sneller is dan de lichtsnelheid en deeltjes in een netwerk synchroon houdt, op een naar onze beleving oneindige afstand. De kleur, uitlijning en oriëntatie van deze deeltjes zijn altijd hetzelfde. Is deze onverklaarde energie, onze God, de oneindige energiebron waarmee deze deeltjes communiceren? Als God door zo'n energie wordt vertegenwoordigd, dan is God toch vrouwelijk, de energie? Of onzijdig, het licht? Nog meer onbeantwoorde vragen. Maar als er een God in het Universum is, dan is er met zekerheid maar één God. De moslims en de joden dragen allebei bescherming op hun hoofd zodat God niet vanuit het universum op hen neerkijkt. Zullen er daarboven twee goden zitten? Waarschijnlijk niet, het is de hoogste tijd dat moslims, joden, christenen, boeddhisten en andere religies hun eeuwenoude, religiegerichte oorlogsvoering bijleggen, zich verzoenen en samen bidden tot deze éne God. Hopelijk kunnen wederzijdse ego's die dat in de weg staan een stapje terug doen zodat mensenlevens worden gered. In het nieuwe tijdperk van de Aquarius zouden deze religies ons moeten verenigen zodat deze wereld en de aarde blijven draaien totdat de energie van de zon opraakt en we samen sterven.

De Wedergeboorte

Mijn Turkse buurman is hier mijn nieuwe koffiemaatje geworden in Gümüşlük. Helaas speelt hij geen tennis en kan dus geen vervanging bieden voor mijn Keulse tennismaatjes. Maar daarvoor zijn de Keulenaren ook te uniek en onvervangbaar.
'Dieteri, wil je nog een espresso?' vraagt mijn koffiemaatje Civan in het Turks.
'Ja, graag zonder melk en suiker,' antwoord ik ook in het Turks.
Sinds mijn koffie met melk en suiker tijdens het informatieve en verhelderende gesprek met onze Tyson god Heinz, ben ik mijn koffie zwart gaan drinken en heb een fobie voor oosterse zwarte suikerdoosjes.

Het is vandaag 20 december 2020 plus of min een dag, de startdatum van het Aquariustijdperk? In dit tijdperk van de waterman zullen volgens astrologische voorspellingen grote wereldwijde, universele veranderingen op ons afkomen. Nogmaals, als je het nog niet hebt gemerkt, het magische getal is 20. Kijk naar haar: ze is rond, vrouwelijk en aantrekkelijk. Voor deze tijd van het jaar is het hier vandaag buitengewoon warm. Hier is waar ik in Turkije geland ben: Gümüşlük, onder de rook van Bodrum. Gümüşlük betekent zoveel als zilver in het Turks. Naar mijn mening zou Gümüşlük ook goud kunnen beteken, want het voelt als de mooiste plek van Turkije. Gümüşlük met haar oprechte, hartelijke mensen hebben mijn wedergeboorte geïnspireerd en aangedreven. De haven van Gümüşlük is gelegen in een schilderachtige baai met kristalhelder, blauw, mediterraan water. De haven van Gümüşlük heeft vijf sterren voor het naleven van de hoogste regels voor milieubescherming. Gümüşlük heeft de beste visrestaurants van heel Turkije en een zeer authentiek en oorspronkelijk karakter. De mensen zijn erg gastvrij, nog niet te veel op toeristen gericht. Zelfs Gerhard Schröder, de toenmalige Duitse bondskanselier vóór Angela Merkel, kocht een huisje in Gümüşlük. We hebben ons samen laten fotograferen in het visrestaurant Aquarius. Misschien zocht hij hier ook vrijheid en inspiratie voor een nieuw ego nadat hij in 2010 het vertrouwen in het Duitse parlement had verloren. Alleen Oscar Lafontaine ontbreekt nog, dan kunnen we hier als drietal het sociale Duitsland opnieuw uitvinden. Gümüşlük was liefde op het eerste gezicht omdat ik me vanaf het eerste moment thuis voelde. Het is nog niet overspoeld met Europese toeristen, vooral de Turken zelf komen hier terecht. Veel kunstenaars: schilders, acteurs en natuurlijk ook boek auteurs zoals Dieter. De sprookjesachtige plek, de natuur en de mensen prikkelen mijn fantasie en verbeelding.

Het was me relatief snel duidelijk dat ik niet in Bodrum zelf wilde landen, de stad is al te ver gevorderd in haar ontwikkeling. Zoals in veel delen van de westerse wereld gaat het om zien en gezien worden, zoals men in het Engels zegt: 'To keep up with the Joneses'. Dat betekent in gewoon Nederlands: de buren die Jones heten bijhouden of voorblijven. Dat doen we met een groter huis, een luxer jacht, decadente vakantievilla's of een snellere auto, ons 'Heiligs Blechle' zoals de Duitsers zeggen. Status en ego spelen voor mij al een te grote rol in de stad Bodrum. Ik zoek iets met een authentiek en oorspronkelijk karakter. Desalniettemin doet Gümüşlük niet klein aan. Het is schilderachtig en tegelijkertijd kosmopolitisch met een pluriforme, barmhartige samenleving met verbindingen naar de hele wereld. De natuur is ook nog intact in Gümüşlük. De dolfijnen jagen in de visrijke baai en als je 's nachts naakt zwemt in de zomerse hitte, lichten de kleine algen om je heen op.

In Turkije zet ik ijverig mijn Forrest Gump wandelingen voort. Zo nu en dan avontuurlijker dan je zou verwachten. s´ Avonds na zonsondergang kun je zomaar eens oog in oog komen te staan met wilde, zwarte zwijnen. Stop dan en maak geen onverwachte bewegingen, net als bij een zwarte beer. Na een paar seconden verdwijnt hij dan knorrend in de struiken. Maar het kan gevaarlijk zijn, vorig jaar werd in de Verenigde Staten een vrouw doodgebeten door een wild zwijn. Mij was het ook een keer te veel met de wilde zwijnen.

Nadat Dieter de hoogste berg van Turkije had beklommen, moest hij ook weer naar beneden. De Turkse boer had van tevoren in gebroken Engels gewaarschuwd:

'Er is een weg naar Yalikavak over de berg, maar blijf uit de bosjes, daar stikt het van de wilde zwijnen.'

Maar er was geen andere weg terug naar Yalikavak dan door de bosjes. En Dieter staat prompt oog in oog met niet slechts één wild zwijn, maar met een heel gezin van zeven. Omsingeld door een familiebende zwarte zwijnen. Gelukkig had ik mijn wandelstok bij me en kon ik ze op afstand houden terwijl ik in een cirkel ronddraaide. De grote leider stond tegenover me en keek me recht aan in de ogen. Hij knort heel ontevreden, blijkbaar ben ik zijn territorium binnengedrongen. Na 20 minuten patstelling en een 'stare down' tussen de leider en mij geven de wilde zwijnen het op. Kennelijk had ik niet genoeg vlees op het bot of God keek van bovenaf toe en fluisterde de wilde zwijnen iets in het oor. In de volgorde van de Lucky Luck bandieten, zoals de gebroeders Dalton, van groot naar klein, papa en mama voorop, het kleinste zusje achteraan, draven de wilde zwijnen terug de bosjes in terwijl Dieter zich snel uit de bosjes terugtrekt.

Ook gespotte dolfijnen, vogels, schildpadden, honden en vele menselijke ontmoetingen verrijken mijn Forrest Gump wandelingen.

Mijn buurvrouw Neslihan kookt elke dinsdagavond voor me. Ze kan echt koken als een godin. Hoewel haar God andere wortels heeft, begrijpen we allebei dat we tot dezelfde God bidden. Hun God is de onze en omgekeerd.

De Forrest Gump wandelingen maken deel uit van mijn therapie aanbeveling voor andere mensen die hetzelfde lot ondergaan als Dieter. Deze hebben ook een therapeutische, meditatieve werking. Combineer ze met pure meditatiesessies na de wandelingen. Luister naar muziek en voer open gesprekken met vrienden of familie. Dit is een niet-medicinale Trimipramine: meditatieve processen, muziek en onder vrienden en familie zijn. Ik denk dat deze Trimipramine meer dan drie neurotransmitters treft. Muziek stimuleert je verbeelding en laat gevoelens boven komen en stromen. Een ander voordeel van muziek is dat het, in tegenstelling tot televisie- of videostreams, het beeldmateriaal niet dicteert en het visuele ontwerp aan je eigen brein overlaat.

Gesprekken zijn ook essentieel. Natuurlijk kun je ook met een psycholoog of psychotherapeut praten als er geen gelegenheid is om dat met vrienden en familie te doen omdat je wat geïsoleerd bent. Zeker, in deze tijd van Corona zijn velen geïsoleerd. Dus op dit moment moeten we bewust en actief het open gesprek zoeken. Je zult vaker dan verwacht empathie en sympathie ondervinden, waardoor de energie weer gaat vloeien en stromen. Ik ben al lang geleden gestopt met het innemen van medische Trimipramine, kort na het informatieve en verhelderende gesprek met god Heinz. Een borreltje of lekkere wijn gun ik mijzelf af en toe voor de goede smaak, maximaal één of twee keer per week. Met vijf tot zes alcoholvrije dagen mag je deze twee dagen met alcoholconsumptie natuurlijk niet gebruiken om jezelf in coma te drinken. Dus drinken met mate en niet meer dan één fles wijn. Je zult ook onaangename, ongemakkelijke gevoelens moeten toelaten, net als Dieter in zijn tijd als woelmuis, dat hoort erbij. Op een gegeven moment zal met deze therapie de stofwisseling in de hersenen veranderen en zullen je stemming en gevoelens volgen. Als de therapie niet werkt, bel dan Dieter de dating dokter en we spreken af voor een informatief en verhelderend gesprek. Bewuste voeding en een goede nachtrust maken natuurlijk ook deel uit van de therapie.

Bij elke wandeling ruim ik meer plastic op uit de natuur dan ik overdag consumeer. Als iedereen dit zou doen, zou de natuur snel plasticvrij zijn. Misschien kunnen we zo onze planeet aarde een nieuw, plasticvrij Ego verschaffen. Een zuiver Zijn in haar oorspronkelijke, schilderachtige natuur. Net als mevrouw Merkel, wordt Dieter aangedreven door een betere en mooiere wereld, vooral voor onze kinderen en mijn dochter. Als ik ooit wereldwijd beroemd word als boek auteur, zal ik de plasticvrije wereld als slogan op de sociale media verspreiden. Eén Euro van elk verkocht boek zal worden geïnvesteerd in goede doelen. Dat geld moet daadwerkelijk een betere wereld dienen en niet onderweg in andere handen blijven hangen. Onze plasticvrije wereld zal de visie en missie hebben om onze planeet aarde te herstellen tot wat ze oorspronkelijk was en we zullen haar genezen met onze liefde. Geld is ook een middel om liefde te tonen. Misschien krijgt elk kind dat een vuilniszak vol plastic ophaalt er één Euro voor.

In Turkije is de relatie met mijn tweede buurman, mijn nieuwe koffiemaatje, empathisch en hartelijk. De persoonlijke chemie was er op het eerste gezicht. Civan heeft gevoel voor humor met lichte duivelse trekjes, hij is behoorlijk avontuurlijk en open voor de wereld. Soms met te veel alcohol verandert hij even in een klein duiveltje. Maar God zal hem zeker beschermen vanwege zijn liefdevolle karakter en hem op het

goede spoor houden. Nadat Civan heeft vernomen dat ik boek auteur ben geworden, antwoordt Civan enthousiast:
'Over het geweldige zicht op zee hier heb ik altijd al gezegd: óf iemand wordt hier boek auteur óf alcoholist. Nu weet ik zeker dat ik de alcoholist ben!'
'Je zou het mis kunnen hebben Civan, de waarheid is bedrieglijk,' antwoord ik.
Civan kent mijn alcohol en medicijnen verleden niet. Het is heel goed mogelijk dat ik als alcoholist en Civan als succesvol boek auteur zal eindigen. De toekomst zal het leren.

Mijn boek wordt voorlopig geen bestseller. Daar is het ook niet voor bedoeld. Toch bracht het boek een paar duizend euro aan licentie inkomsten op en daarmee nodig ik al mijn hoofdrolspelers uit naar Gümüşlük op een grote tweemaster. Geld uitgeven aan de liefde voor een fijn feest en samenzijn met mijn geliefden.
Het weer vanavond, 20 oktober 2021, is perfect daarvoor. Overdag bij onze koffie was het iets meer dan 30 graden, nu bij zonsondergang is het nog steeds meer dan 20 graden. Bij dit weer zijn

mijn kleine natuurvrienden waarschijnlijk ook weer in de baai: de gloeiende, lichtgevende algjes. Zelfs mijn nieuwe schoonmoeder en moeder zijn ingevlogen en zijn met een kleine roeiboot aan boord gebracht. Ze zitten allebei in dezelfde leeskring, waar mijn boek dit keer aan de orde was. Nogal opgewonden zijn ze daarover in gesprek.

'Die erotische scène met de Tyson Titanic stofzuiger........, die kan echt niet hóór! Wat stelde Dieter zich daarbij voor?! Zoiets hoeft echt niet van mij?'

Mijn schoonmoeder vindt blijkbaar niet alles in het boek even goed, maar ze heeft in ieder geval het erotische stukje toch gelezen.

'Ja, op jonge leeftijd haalde hij regelmatig kattenkwaad uit en had buitengewoon veel fantasie. Hij was al vroeg met zijn erotische ontwikkeling. Ik moest op veertienjarige leeftijd zijn lakens al verschonen.'

Mijn moeder bevestigt mijn schoonmoeder op een elegante manier en neemt me tegelijkertijd toch in bescherming.

Ik herinner me mijn eerste natte droom nog goed. Dat is de eerste erotische droom waarin je wakker wordt bij een orgasme. Een meisje uit mijn middelbare schoolklas bereed me alsof ik een paard was. Dat was te veel van het goede voor mijn onderbewustzijn en ik werd wakker met warme, witte vloeistof op mijn buik, mijn eerste orgasme.

'Dit is een prachtige baai hier, vind je niet?'

Mijn schoonmoeder verandert nu van onderwerp.

'Ja…, en pikdonker met sterren, heldere hemel en volle maan. Hopelijk lichten de fluorescerende algen in het zeewater vannacht op. Misschien zien we vannacht ook nog vallende sterren?' vult mijn moeder met fantasie romantisch aan.

Nu weet ik weer waar mijn fantasie vandaan komt.

Net als in de Droom zijn er meer dan 20 van mijn tennismaatjes met de bus gearriveerd. De sfeer is hier nog veel beter dan in de rechtszaal tijdens mijn Droom. Natuurlijk zijn mijn grootste vrienden uit Keulen er ook bij. Die laten geen enkele feestgelegenheid onbenut. Nu kan ik hun op mijn beurt uitwijzen als ze zich aan boord van de tweemaster niet gedragen. De tennismaatjes zorgen overal op het schip voor een goede sfeer. De éne spreuk volgt op de andere, slag op slag gaat het met veel lol en gelach. Zoals de inwoners van Keulen zichzelf inbeelden, geloven ze muzikaal te zijn. Ze zorgen met hun draadloze speaker en Spotify afspeellijsten voor een passende sfeer.

In de baai op het strand loopt een Al Pacino-achtige figuur en slentert langzaam voort. Is dat onze Tyson god, Heinz?! Of heb ik het mis en ben terug in mijn verbeelding. Vreemd genoeg lijkt hij opmerkelijk veel op Heinz, alleen een beetje slanker en zijn haar is nu witgrijs. Ik zou hem hier graag welkom heten op het feest. Zelfs god heeft soms behoefte aan menselijke verbindingen. Ergens heb ik een beetje medelijden met hem, hij ziet er eenzaam uit.

'Heinz?!'

De gestalte lijkt inderdaad te reageren op de naam Heinz. Hij lijkt nog steeds op Al Pacino.

'Wil je met ons meevieren?'

Een beetje verbaasd stopt hij en kijkt op.

Vijandige of wraakzuchtige gevoelens die ik ooit koesterde tegen Tyson en hun leidinggevenden zijn allang verdwenen. Hopelijk hebben ze geleerd van onze kwestie, zoals ook ik ervan heb geleerd. Het is belangrijk om de menselijke verbinding na dergelijke gebeurtenissen te herstellen. Ook dat is een leerproces.

'Dieter, ...?', vraagt hij verbaasd.

PAGE 267

'Ja,' bevestig ik.
Een lid van de bemanning heeft het begrepen en zit al in het roeibootje om Heinz op te halen. Aangekomen op de tweemaster, schudden we elkaar de hand. Hoewel hij nu magerder en witgrijs is, glanzen zijn ogen weer meer dan twee jaar geleden tijdens ons informatieve en verhelderende gesprek. We wisselen een begripvolle blik uit. Ik merk dat er geen behoefte bestaat om het verleden te bespreken. Ik stel hem voor aan mijn Duitse buren van vroeger, die in gesprek zijn gegaan met de Turkse buren.
'Voel je thuis Heinz.'
'Dank je Dieter!', antwoordt hij, vriendelijk glimlachend, met een vleugje empathie die hij blijkbaar weer heeft hervonden.

Eleonora en de Polen zijn verwikkeld in een verhit gesprek. Een mengeling van Duits, Engels en Pools is te horen. Ze ontdekken dat ze allebei in dezelfde God geloven. De Ghanezen zijn gewoon christen en de Polen zijn katholiek. Maar na een paar raki komt dat op dezelfde God uit. Zullen moslims en joden in onze wereld ook zo ver komen? Misschien helpt alcoholgebruik en een paar raki ze op weg! Maar alcoholgebruik wordt in de Koran en de Bijbel eerder verboden.

Eleonora lacht, haar witte tanden blinken als stralende sterren bij middernacht.

'Nou, dus jij hebt dezelfde Bijbel met tien verboden,' Jancko's Duits klinkt nog steeds lief en aandoenlijk.

'Ja, met de tien geboden,' corrigeert Eleonora het Duits van Jancko. Haar Duits is veel beter geworden.

'Maakt niet uit, verboden of geboden. Dezelfde Bijbel?! En God ook dezelfde?' vraagt Jancko opnieuw.

Hij vraagt vaak om bevestiging als hij in gesprek is.

'Ja, ... God is daarboven in het universum,' bevestigt Eleonora met een glimlach.

'Laten we dat vieren,' kraait Jancko.

'Ja, laten we naakt gaan nachtzwemmen,' stelt Eleonora in keurig Duits voor.

'Vet!' springt Jancko meteen op het idee aan. Begreep hij dat goed over naakt? Ja, hij begreep het!

'Maar niet naakt!', vult hij nu aan.

'Naakt, echt wel!', houdt Eleonora vol.

Voordat Jancko iets anders kan zeggen, kleedt Eleonora zich bliksemsnel uit. En ...... plons, zij is de eerste die poedelnaakt in het water springt en een vreugdekreet slaakt. Een gloeiende, oplichtende cirkel van algen vormt zich rond het zwarte, donkere lichaam van Eleonora. In het midden lichten haar ivoorwitte tanden met de gouden vullingen op.
'Oh, ... jij bent een engel,' kraait Jancko luid.
Hup, een raki shot voor de moed. Dan volgt Jancko. Hij trekt ook bliksemsnel zijn kleren uit en is spiernaakt. Misschien enigszins gedreven door de energie van de raki of God. Wassili en Timo volgen gehoorzaam het voorbeeld van de Poolse familiebaas. Plons, plons, plons .... Nogmaals drie luide vreugdekreten. Kijkt God toe of houdt hij zijn handen voor zijn ogen? De kleine algen gloeien en lichten op rond de lachende en zwemmende troep. Een volkomen romantische aanblik.

Gerhard Schröder en Angela Merkel zijn vanavond eregasten. Gerhard liet Angela zijn villa in Gümüşlük zien. De twee zijn nu samen zoals mijn tennismaatjes. Wat ..., zie ik dat goed, ik kijk stomverbaasd en verrast. Hup, ... ze kleden zich

allebei uit: Angie poedelnaakt en Gerhard spiernaakt. Plons, plons, ... springen zij hand in hand in het water. Wordt hier weer een grote coalitie gesmeed voor Duitsland? Kennelijk voelen ze zich bevrijdt. Welnu, Angela heeft nu haar laatste ambtstermijn als bondskanselier na 16 jaar afgelegd, vlak na de verkiezingen in 2021. Gerhard is altijd een wildcard en joker geweest die voor een klein avontuurtje in is. Hopelijk zijn de journalisten van 'Das Bild' vanavond niet hier in de baai. Ook nu vormen de gloeiende en lichtgevende algjes een mooie cirkel. Mijn Turkse en Duitse buren zijn vrienden geworden. De meeste van mijn Turkse buren spreken ook gebroken Duits. Er zijn veel menselijke verbindingen tussen Turkije en Duitsland. Mijn Turkse en Duitse buren springen erachteraan en volgen het voorbeeld van Gerrie en Angie.
Voordat mijn kleine zusje iets kan zeggen, hebben Evita en mijn dochter zich ook uitgekleed en duiken in het milde zeewater onder, poedelnaakt.

Wij, Claudia en ik, zijn in het net van de tweemaster voorin gaan liggen, wachtend op de vallende sterren.

'Het is een bont gezelschap, maar ze integreren en verbinden wonderwel,' stel ik met een glimlach, tevreden vast.

Claudia lacht terug, maar zegt niets. Net zoals bij de derde keer dat we elkaar ontmoetten en gingen zeilen in de Valk. Ze voert iets in haar schild.

Dan hoor ik weer luide vreugdekreten. Plons, plons, plons, plons, plons........, het lijkt eindeloos door te gaan........, plons, plons, minstens 20 keer plons in het kristalheldere zeewater. Mijn tennismaatjes, meer dan 20 stuks, hebben zich uitgekleed. De één na de ander springen, duiken en huppen ze allemaal spiernaakt in de zee. De kleine algen gloeien weer, ze hebben vandaag veel te doen. De gloed van de algen is eigenlijk een signaal van stress dat ze afgeven. Kunnen ze ook depressief worden? Als ze ook allemaal psychologische ondersteuning nodig hebben, raken de agenda's van de psychologen zeker weer overvol. Luid gekakel en geklets in het baaiwater, waar verschillende talen samenvloeien. Het is echt een kleurrijk gezelschap, verbonden door het zeewater van onze planeet en de lichtgevende energie van de algen.

Mijn moeder kraait: 'ik wil ook naakt zwemmen.'

'Nee, dat kan niet met een rollator!', probeer ik haar tegen te houden.
Maar voordat ik verder iets kan zeggen, hebben twee Turkse bemanningsleden haar geholpen en haar uitgekleed. Ze doen haar geleide de kleine zwemtrap af achter op de tweemaster. Met haar buik en gezicht naar boven kijkt ze vanuit de baai naar de sterren, aan beide kanten geëscorteerd en beschermd door de jonge, Turkse, atletische bemanningsleden. De twee Turken zien er net zo gespierd uit als de Tyson Titanics. Mijn moeder lacht vrolijk en gelukkig. Als ze nu sterft, krijgt Dieter problemen met zijn zusjes. Volgt mijn schoonmoeder nu ook met twee jonge Turken?

Tegelijkertijd fluistert Claudia in mijn oor:
'Zullen wij ook gaan zwemmen?'
'Absoluut!' stem ik in.
'Naakt?!', vraagt ze vervolgens met een grijns op haar gezicht.
'Ik wist het al die tijd al?! Dat je iets in je schild voerde!'
Maar ik lach haar daarbij toe.
Ze heeft me heel vaak voorgesteld om naakt te gaan zwemmen. Maar ik heb altijd nee geantwoord omdat ik te preuts ben.

'Kom op!', houdt ze aan en voelt dat ik deze keer eraan moet geloven.
We kleden ons ook uit onder applaus van het publiek. Hup, Hup, plons, plons......, en dan springen ook wij hand in hand in de zee. Eén keer poedelnaakt en één keer spiernaakt.

Ik ben de tel kwijt, maar we zijn nu allemaal in zee, geloof ik. De grip op mijn leven en wat hier gaande is, was al langer verdwenen.
'Raki zo lekker als Wodka!', roept Jancko luid naar mijn Turkse buurman.
De gesprekken zijn nu een beetje rommelig en gaan kriskras door elkaar.
'Ja, Wodka is ook heerlijk!'
Mijn Turkse buren zijn het er volledig mee eens.

De gloeiende en oplichtende algjes vormen een beschermende cirkel rond deze fleurige, kleurrijke, bonte troep. Veel energie stroomt, hopelijk vloeit die terug uit onze menselijke verbindingen naar de algjes en onze kwetsbare planeet aarde. Mijn vader kijkt van boven glimlachend toe vanuit het Universum. Nu begrijpt hij ook deze kwestie over mij en de boek auteur!

Liber sum. Ego Sum!

Nawoord

De drijfveer om 'Een kort telefoontje met God' te schrijven, was om levenservaringen en levenslessen te delen met mijn dochter en anderen. Het boek is bedoeld om uit het eigen dagelijkse leven te stappen, in het dagelijkse leven van Dieter en zijn fantasie. Hopelijk heb je tijdens het lezen gelachen, gehuild of andere gevoelens ervaren. Het zou mooi zijn als het boek een zetje in de rug is van het herstel van authentieke, oprechte, menselijke verbindingen. Daar kan behoefte aan zijn, vooral onder politici of de leiders van onze samenleving. Het tijdperk van Dieter als boek auteur is nu voorbij, het tijdperk van de Waterman begint. We zullen onze menselijke verbindingen dringend nodig hebben om de aanstaande veranderingen van de wereld en onze planeet aarde uit te balanceren en in goede banen te leiden, zodat ook in de toekomst dolfijnmoeders hun kalveren nog kunnen leren voedsel te vinden.

Groeten uit Turkije!
Dieter Holland.

Made in the USA
Las Vegas, NV
31 August 2021